KB102193

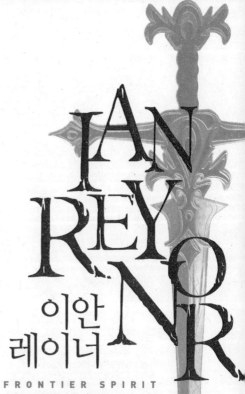

IAN REYNOR

이안
레이너

FANTASY FRONTIER SPIRIT

이휘 판타지 장편 소설

이안 레이너 11

이휘 판타지 장편 소설

초판 1쇄 찍은 날 § 2017년 3월 23일
초판 1쇄 펴낸 날 § 2017년 3월 30일

지은이 § 이휘
펴낸이 § 서경석

편집책임 § 김경민

펴낸곳 § 도서출판 청어람
등록번호 § 제387-1999-000006호
등록일자 § 1999. 5. 31
어람번호 § 제1-2664호

주소 § 경기도 부천시 부일로 483번길 40 서경B/D 3F (우) 14640
전화 § 032-656-4452 팩스 § 032-656-4453
http://www.chungeoram.com
E-mail § chungeorambook@daum.net

ISBN 979-11-04-91249-8 04810
ISBN 978-89-251-3719-3 (세트)

FANTASY FRONTIER SPIRIT

이휘 판타지 장편 소설

IAN REYNOR

이안
레이너

11

도서출판
청람

IAN REY NOR

이안
레이너

CONTENTS

1장

후아킨 부족의 결단

　바쿰의 안내로 이동하는 동안 이안은 대수림의 위험성을 톡톡히 목격했다. 후아칸 일족의 터전은 대수림 동편의 정중앙 부근에 위치했는데, 가는 동안 출몰한 독충과 늪지의 악몽은 끊임없이 일행을 괴롭혔다.

　"정지!"

　스투카는 바쿰의 정지 신호에 일행들에게 달려왔다. 대수림을 잘 알고 있는 바쿰 일행이 선두에서 이동을 하며 정찰병의 역할까지 하고 있었다. 그들이 정지 신호를 보냈을 때는 앞쪽에 위험이 도사리고 있다는 뜻이었다.

"나도 안다. 앞쪽에 꽤 많은 기운들이 느껴졌다."

"아… 역시 마스터께서는……."

스투카는 이안의 능력에 존경이 더욱 커지는 것을 느꼈다. 자신도 아직 파악하지 못한 적들을 마스터인 이안은 편안하게 알아채고 있으니 말이다.

"내가 나가는 것이 좋겠구나."

"네? 하지만……."

"저들은 공포에 질려 있다. 공격하려는 것이 아니라 공격당할까 두려워하는 자들이다."

"아……."

이안의 말을 듣고 스투카는 전방에 나타난 무리들이 자신들과 같은 부류일 거라 생각했다. 그렇다면 마찬가지로 겁에 질려 있는 바쿰 일족이 나서는 것은 안 좋은 결과를 낼 수도 있었다.

"은인! 적이 매복하고 있습니다. 그러니."

"괜찮습니다. 내가 해결하도록 하죠."

"네? 그건……."

성큼성큼 걸음을 옮겨 앞으로 나아간 이안은 두 무리의 중앙에 자리를 잡고 목소리를 높였다.

"두려워 마시오. 나는 수인족들의 친구이자 북방의 인간들을 다스리는 자, 이안 레이너라고 하오."

이안이 외치는 목소리가 대수림을 쩌렁쩌렁하게 울렸다. 다른 무엇보다 수인족들의 친구라는 그의 목소리에, 인간과 수인족이 함께 있는 것을 경계하던 자들의 경계심을 조금은 누그러뜨렸다.

"리만 왕국의 공격을 피해 후아칸 일족의 터전으로 이동하는 중이오. 그러니 그대들이 같은 목적이라면 합류하도록 하시오. 우리는 절대 공격하지 않겠소."

이안은 그렇게 말을 마치고 신형을 돌려 버렸다. 이제 선택은 너희들이 해야 할 것이라는 몸의 표현이었다.

"그 말이 정말이라면 우리도 같이 갑시다."

후아칸 일족은 대수림에 존재하는 수인족들의 맹주 격이었다. 그곳으로 간다는 것에 경계하던 수인족들도 합류를 선택했다. 어차피 인간들의 공격에 지리멸렬해 가는 상황이니 다른 선택이 존재할 리 없었다.

"뒤로 따라붙으시오. 그럼 갑시다!"

이안이 선두에 서며 수인족들을 이끌었다. 후아칸 일족이 있다는 곳으로 강행 돌파를 해야 할 입장이었기에 이안이 선두에 서는 것이 더 나은 선택이었다.

'사방이 적들이로군.'

기감을 퍼뜨려 사방을 경계하던 이안은 리만 왕국의 병사들이 쳐놓은 그물망 같은 천라지망을 느낄 수 있었다. 그러나

아무리 천라지망이라고 해도 인간이 만들어놓은 그물이었기에 그 틈은 존재했다. 특히 비행 원반을 통해 하늘에서 빈 곳을 찾으며 이동하는 터라 그 틈을 귀신같이 찾아낼 수 있었다.

'싸우고 있군.'

피해 나가려고 했지만 수인족 부족 하나가 격렬하게 저항하고 있는 것에 일행을 세웠다.

"무슨 일입니까?"

"전방에 수인족 부족이 공격받고 있다. 지금은 버티고 있지만 곧 무너질 거 같군."

이안의 말에 수인족 전사들은 흉흉한 기세를 드러내며 외치듯이 말했다.

"동족들을 구합시다."

"그러자고. 다 쓸어버리자고."

수인족 전사들의 수는 이제 100여 명을 넘어서고 있었다. 비록 아이들을 비롯한 노약자들이 끼어 있었지만 100여 명이라는 숫자가 주는 힘은 그들을 투쟁의 길로 나설 용기를 주었다.

"바쿰!"

"예, 마스터!"

"내가 옆을 친다. 일족들과 함께 배후를 공격하도록!"

"네, 맡겨주십시오."

이안이 먼저 공격을 하여 수인족 전사들의 피해를 최소화하려는 것에 바쿰은 고마움을 느꼈다. 자신들의 일족과는 남이라고 할 수 있는 그가 자신의 동족인 인간들을 공격하는 것에 미안함마저 느껴지는 순간이었다.

"갑시다. 마스터께서 공격하는 것을 신호로 뒤를 공격할 것이오!"

바쿰이 일행들의 선두에 서며 외치자 수인족 전사들은 노약자들을 남겨둔 채 일제히 숲을 치달아 나갔다.

'먼저 강력하게 한 방 날려서 이목을 내 쪽으로 끌어와야겠지?'

반원을 그리듯이 진형을 유지한 채 수인족을 몰아세우고 있는 리만 왕국의 정벌군이었다. 선두에 세운 기간트 5대가 맹렬하게 수인족의 부락을 향해 치고 나가고, 그 뒤를 기사와 병사들이 따르는 모양새였다.

'병력의 규모는 그리 많지 않으니 다행이군.'

이전의 부락을 공격했던 이들은 천여 명이 넘는 인원이었다. 그에 반해 절반 정도로 보이는 병력에 기사와 마법사의 숫자도 무척 적었다. 상대적으로 부락의 크기가 차이가 났기에 병력을 조금만 보낸 것으로 추측했다.

"가랏! 체인 라이트닝!"

후웅! 파츠츠츠츠측!

공중으로 뛰어오르며 날린 체인 라이트닝이 수인족을 공격하는 디마르크의 외장갑에 작렬했다. 연이어 튕기듯이 퍼져 나간 뇌전의 줄기들이 옆쪽에 있는 다른 기간트를 강하게 타격했다.

─적이다!

─크홋! 마력 회로에 무리가 온 모양이다. 조종이 불가하다!

─3호가 피격됐다. 다른 라이더들은 공격한 마법사를 찾아라!

처음 직격당했던 디마르크는 마력 회로에 이상이 생겨 움직이지 않는 것에 당황했다. 그나마 다른 기간트들은 마법 방어진 덕분에 큰 타격을 받지는 않았다. 체인 라이트닝이라는 마법 자체가 5클래스의 마법이었고 첫 타격 이후에는 위력이 감소하는 특징 덕분이었다.

─저쪽이다! 단숨에 친다!

기간트들이 일제히 이안을 향해 달려왔다. 쿵쾅거리며 달려드는 그들의 돌진으로 리만 왕국의 병사들은 급히 한쪽으로 물러서며 전열이 무너졌다.

"크아아아! 기회를 놓치지 마라. 인간들을 쓸어내라!"

수인족들은 인간 마법사가 왜 자신들을 돕는지 알 수는 없었지만 지금이 기회라는 것에 지체 없이 병사들을 향해 쇄도해 들어갔다.

"막아라! 기사들은 수인족들을 막아!"

기사들이 나서서 수인족 전사들을 막아서고 마법사들이 간간히 마법을 날리며 보조를 맞췄다. 병사들은 감히 끼어들 생각을 하지 못하고 먼 거리에서 석궁을 날리며 견제하는 임무에 충실했다.

"지금이다! 공격!"

바쿰의 진득한 살기가 실린 음성이 병사들의 후미에서 울려 퍼졌다. 그 음성이 터지기 무섭게 병사들을 공격한 수인족 전사들은 날카로운 발톱으로 병사들을 갈기갈기 찢어발겼다.

"크헉!"

"저, 적이다!"

"으아아아! 살려줘!"

병사들은 비명을 지르며 급속도로 무너져 내렸다. 기사들이나 감당할 수 있는 수인족 전사들의 맹공을, 그것도 기습으로 당한 상황에서 막아내는 것은 불가능이었다.

"이, 이런… 뒤쪽에도 적이다! 기간트들은 물러서라!"

병력을 지휘하던 지휘관은 갑작스런 기습에 믿을 수 있는 유일한 구석인 기간트를 불렀다. 맹렬하게 돌진하던 기간트 라이더들은 그 명령에 급히 둘씩 나뉘어 명령을 이행했다. 두 기의 디마르크가 이안을 잡으러 달려가고 후미의 두 기가 수인족 전사들을 막기 위해 움직인 것이다.

'적절한 타이밍에 기습을 했군. 좋았어.'

이안은 두 기의 디마르크가 자신을 향해서 달려오는 것에 하얀 치아를 드러내며 싸늘한 조소를 머금었다.

'조금만 버티라고……'

이안은 플라이 마법으로 기간트의 돌격을 뒤로 피하며 물러섰다. 그리고 빠르게 캐스팅하며 선두에 치고 나오는 디마르크를 향해 강력한 뇌전 마법을 날렸다.

—방패로 막아!

콰르르르릉! 콰아앙!

방패를 들어 떨어져 내리는 뇌전을 막았지만 대마법 방어진으로도 막을 수 없는 위력 앞에서 속수무책이었다.

—크헉! 마력 회로가 녹아버린다. 타, 탈출하겠다!

—빌어먹을! 마도사다!

마도사가 아니라면 그 짧은 순간에 대마법 방어진을 무력화시킬 정도로 강력한 마법을 발출할 수는 없었다. 그제야 이안이 7클래스의 반열에 오른 마도사라는 것을 안 라이더는 돌격을 멈추고 물러섰다.

기간트가 아무리 강하다고 해도 마스터나 마도사급의 존재에게는 당해낼 수 없었다. 상대가 가능한 것은 나이트급의 기간트여야 했다. 나이트급의 기간트에는 마도사급의 존재에게도 버틸 수 있는 대마법 방어진이 설치되어 있으니 말이었다.

"기사와 마법사들은 뭐 하는 거야?"

"어서 제압해! 막으란 말이다!"

장교들은 병사들을 지휘하며 어떻게든 수인족 전사들의 공격을 막으려고 발버둥 쳤다. 그러나 기사급에 해당하는 수인족 전사들이 100여 명이 넘으니 일반 병사들로는 중과부적이었다. 기다란 발톱이 휘둘러지면, 방패가 갈라지는 것과 함께 병사의 몸뚱어리에서 피가 튀어 올랐다.

—물러서라! 수인족은 우리가 맡는다!

—죽어라, 야만스런 것들!

라이더들은 병사들을 무참하게 도륙하는 수인족 전사들을 향해 살기 어린 기간트 병기를 휘둘렀다. 횡으로 쓸어가는 거대한 병기는 바닥에 기나긴 고랑을 만들어내며 수인족을 휩쓸었다.

"이크!"

"피해라! 뒤로 물러나며 견제해!"

"그깟 공격에 당할까 보냐! 으합!"

수인족 전사들은 숫자의 우위와 기간트를 한 방에 날려 버리는 이안의 엄청난 마법 실력에 고무되어 사정없이 리만 왕국의 병사들을 몰아쳤다.

─길을 뚫어라! 이대로 가다가는 전멸이다!

─비켜라! 으합!

두 기의 디마르크가 수인족 전사들이 공격하는 병사들을 지나쳐 맹렬하게 공격을 퍼부었다. 거칠게 좌우로 휘두르는 세이버 형태의 거병이 연신 허공을 가르며 수인족 전사들을 흩었다.

─우리 뒤를 따르라! 퇴각한다!

"으아아아아아!"

기간트가 뚫은 길은 언제 닫힐지 모르는 길이었다. 병사들은 살고 싶은 욕망에, 아니, 죽기 싫다는 공포에 괴성을 내지르며 미친 듯이 달렸다. 그들이 한꺼번에 몰렸지만 수인족들은 기간트들이 휘두르는 거병의 견제에 그들을 막아서지 못했다.

'저 정도로 해두는 것이 좋겠군. 병사들이 무슨 죄가 있겠는가.'

이안은 뒤늦게 도주하는 기간트까지 합하여 3기의 디마르크가 병사들을 보호하며 퇴각하는 것에 공격을 멈췄다. 병사들을 도륙하여 일족이 당한 원한을 갚고자 하는 수인족 전사들의 행동에는 애써 고개를 돌리고 말았다. 디마르크가 존재하는 한 수인족 전사들이 병사들을 도륙하진 못할 것임을 아는 까닭이었다.

"바쿰!"

"네, 마스터!"

바쿰은 어떻게든 한 명이라도 더 복수를 하고자 날뛰다 이안의 부름을 받고 냉큼 달려왔다. 그와 함께 20여 명의 가디언들이 물러서자 포위한 그물망이 옅어졌고, 리만 왕국의 병사들은 더욱 수월하게 퇴각할 수 있었다.

"그쯤 했으면 됐다. 병사들도 자의로 그러지는 않았을 것이다."

"하지만… 하아… 알겠습니다, 마스터!"

바쿰은 분노를 억누르며 고개를 숙였다. 자신의 마스터인 이안은 인간이었고, 그런 만큼 전적으로 수인족의 편을 들어 달라고 하기에는 무리가 따른다는 것을 인정한 것이었다.

"일족을 불러서 후아칸의 땅으로 가자."

"네, 마스터!"

바쿰은 후아칸의 땅으로 가는 것이 먼저라는 생각에 서둘러 일족의 전사들을 추슬렀다. 그들은 복수에 눈이 멀어 있었지만 사는 것이 우선이라는 바쿰의 설득에, 마지못해 동의하며 발길을 돌렸다.

"장군! 수인족들을 돕는 마도사가 등장했다는 보고입니다."

"뭐라? 마도사?"

"그렇습니다."

리만 왕국군을 지휘하는 최고 책임자는 리만 왕국의 가르시아 백작이었다. 그는 이번 작전을 맡은 중앙군의 사령관으로 대수림을 정복하는 임무를 자원한 이였다.

"마도사라는 자 혼자인가?"

"보고를 취합해 보면 마도사가 수인족들을 구하며 세를 불리고 있는 것으로 보입니다."

"흐음… 그렇단 말이지……."

수인족 전사들을 구하여 세를 불리고 있다는 말에 가르시아 백작은 눈을 찡그리며 생각에 잠겼다.

수인족 부족들은 소수로 나뉘어 생활하는 자들이었다. 그렇기에 기간트를 이용하여 쓸어내는 것이 가능했다. 하지만 누군가가 나서서 세를 모은다면 엄청난 재앙으로 다가올 가능성이 컸다.

"포위망을 풀고 기간트 부대를 모으도록!"

"기간트 부대를 모으라는 말씀이십니까?"

"그렇다. 한꺼번에 치는 것이 낫다. 누군가가 세를 모은다면 그게 나은 선택일 거 같구나. 그리고 왕실에 보고해서 왕실 마탑의 협조를 구해야겠지."

"아! 알겠습니다."

왕실 마탑의 협조를 구한다면 마탑주를 위시한 마도사급의 차출이 이루어질 것이었다. 그들의 도움을 얻어 수인족들을 돕고 있다는 마도사를 잡을 생각이었다. 그렇게 하는 것이 병력의 피해를 줄일 수 있다고 여긴 것이었다.

"마도사라… 누군지 모르지만 이번 작전을 막지는 못할 것이다. 으득!"

가르시아 백작의 낮게 가라앉은 눈에서 강렬한 안광이 뿜어져 나왔다. 반드시 이번 작전을 성공시키고 말겠다는 강한 의지가 그 안광에 깃들어 있었다.

"저쪽입니다. 저 늪을 넘어서면 후아칸 일족의 영역입니다."

바쿰은 폭이 수백 미터는 넘을 듯한 늪지를 가리키며 말했다. 10여 개 부족을 구하며 강행군을 거듭한 끝에 도착한 늪지대로, 500여 명이 넘는 수인족들이 노약자들까지 거느린 채 모여 있었다.

'후아칸 일족의 전사들인가?'

이안은 늪의 건너편에서 몇몇 은밀한 움직임을 포착했다.

빽빽한 밀림인 탓에 비행 원반으로 공중에서 관찰하는 것은 제한적이었다. 하여 기감을 넓게 퍼뜨려 사방을 관찰하는 중에 포착한 움직임이었다.

"여기서 대기한다. 후아칸족이 올 것이니."

"네, 마스터!"

수인족의 능력은 인간의 오감을 수백 배 상회하는 것에 있었다. 후각이 극도로 발전한 탓에 늪지 너머 후아칸 일족의 은밀한 움직임을 그들도 늦지 않게 포착한 것이었다.

촤악! 촤악!

늪지를 건너뛰듯이 돌파해 오는 수인족 전사들의 움직임이 모두의 눈에 들어왔다. 너른 늪지의 여기저기에서 튀어나온 전사들은 곧 30여 명이 넘는 인원으로 불어난 채 늪을 건너왔다.

"그대들은 무슨 일로 후아칸의 영역을 침범하는가!"

강렬한 외침을 토하는 자는 후아칸 일족의 전사들을 이끄는 전사장이었다. 다른 전사들을 훨씬 뛰어넘는 기세가 그의 전신에서 흘러나왔다.

"우리는 적이 아니오!"

바쿰이 앞으로 나서며 적이 아니라는 것을 알렸다. 숫자는 적었지만 후아칸 일족의 전사들은 강렬한 투기를 발산하며 언제라도 싸울 태세였기 때문이었다.

"영역을 침범한 이유를 밝혀라!"

일정 거리를 유지한 채 묻는 전사장의 외침에 바쿰이 앞으로 나섰다.

"인간들의 공격으로 남쪽 수인족의 영역이 모두 파괴되었소이다. 살아남은 자들을 구하여 후아칸의 영역으로 들어온 것이오."

"인간들의 공격이라 했나?"

"그렇소. 보면 알겠지만 모두 다른 일족들이오."

"으음……."

전사장의 눈에도 바쿰의 뒤에 도열해 있는 수인족들이 전부 다른 일족들이라는 것을 알 수 있었다. 늑인들과 호인들은 절대 어울릴 수 없음에도 같이 있다는 것이 그 증거였다.

"그런데… 저자는 누구인가?"

수인족들의 사이에서 이안을 발견한 전사장은 살짝 경계심을 드러내며 물었다.

"북부 인간들의 왕이시며 나의 마스터이신 분이오. 다른 일족들을 구한 분이기도 하오."

"인간들의 왕이라… 그런가?"

전사장은 기운을 집중시켜서 이안을 시험했다. 그러나 뿜어낸 기운은 이안에게로 가기 무섭게 흩어져 버리며 소멸되었다. 거대한 모래사장에 떨어진 물처럼 그 흔적조차 남기지 않고 사라지는 것에 살짝 두려움마저 일었다.

'대족장이나 상대할 수 있는 자다…….'

인간들의 왕이라고 하더니 그 능력이 무서울 정도로 뛰어나다는 것을 실감할 수 있었다. 거칠게 대하지 않은 것이 다행이라는 생각이 들 정도의 인물이었다.

"반갑다는 말은 못 하겠군. 후아칸 일족의 전사장 포칸이요."

"이런 상황에서 만난 것이 애석할 뿐이오. 이안 레이너요."

포칸은 인간에 의해서 수인족들이 근거지를 잃고 후아칸의 영역까지 밀려온 것에 곱지 않은 시선으로 이안을 대했다. 그러나 어찌 되었든 간에 강한 힘을 소유한 그를 다른 인간들처럼 무시할 수는 없는 일이었다.

"갑시다. 상황이 급한 듯하니 족장께 바로 보고를 해야겠소. 다른 일족들의 증언도 곁들여야 대부족 회의를 열 수 있으니 말이야."

후아칸 일족은 천여 명이 넘는 대부족이었다. 하나같이 기사급 이상의 실력을 지닌 전사들로 이루어진 탓에 여러 지파로 나뉘어져 있었고 그들이 모여 대부족 회의로 모든 것을 결정했다. 물론 가장 강한 발언권을 지닌 것은 대족장이지만 말이다.

"라후가! 먼저 가서 족장께 알려라. 우리는 천천히 따라가 겠다."

"네, 전사장님!"

꼭 쥐처럼 생긴 수인족 전사가 날렵하게 빠진 육체를 튕기 듯이 날리며 한쪽으로 사라졌다. 그리고 그 뒤를 따라 길을 안내하듯, 후아칸 일족의 전사들이 앞장서서 걸었다.

콰앙!

분노한 발길질이 지면을 강하게 때렸다. 강력한 마나가 퍼 지며 흙먼지가 사방으로 비산했다.

"감히 인간들이 대수림을 침범했다는 말인가!"

후아칸 일족의 족장은 호인족으로 2미터 30센티미터는 족 히 넘을 거구의 사내였다. 여기저기 하얗게 센 머리카락을 뒤 로 단정히 묶었지만 짙은 눈썹과 부리부리한 눈빛은 강렬한 인상을 남기기에 충분했다.

'종족의 특성인가? 어마어마한 힘이 느껴지는 육체로군.'

인간의 형태를 하고 있음에도 그 강력함이 멀리 떨어진 이 안에게도 바로 느껴졌다. 그는 전사장과 바쿰의 이야기를 듣 고 강렬한 살기를 줄기줄기 뿌려댔다.

"강철 거인들을 모두 몰아왔다고 했나?"

후아칸은 격분한 와중에도 리만 왕국이 기간트를 대거 투입했다는 것에 분노를 억누르며 물었다. 일족의 지도자답게 가슴은 불타올랐지만 머리는 차갑게 식혀내는 모습이었다.

"그렇습니다, 족히 200여 대는 넘는 강철 거인이 투입되었습니다."

"200대라… 으득!"

200대의 기간트라면 아무리 대단한 전력을 지닌 수인족이라고 해도 전멸을 생각해야 할 숫자였다. 서남부의 수인족들이 모두 밀린 관계로 곧 후아칸 일족의 영역까지 그들이 밀려올 것이었다. 머리가 복잡하게 돌아가기 시작한 후아칸 족장은 옆에 앉아 있는 늙은 수인족에게 물었다.

"라비톤! 리만 왕국의 인간들이 강철 거인을 대거 투입한 적이 있었나?"

"없었습니다, 족장."

"그런데 왜 이제 와서 그런 전력을 투입한 거지? 도대체 왜?"

후아칸 족장의 물음에 라비톤이라는 일족의 주술사는 대답을 하지 못했다. 그러나 이안은 리만 왕국이 왜 그럴 수 있었는지 대강 짐작할 수 있었다.

'북쪽은 전쟁을 일으킬 힘이 없지. 리만 왕국은 지금이 기회라고 생각해서 대수림을 정리하려고 하는 것일 게다. 로크 제국은 이제 홀로 3국을 상대해야 하는 상황이니 말이야.'

리만 왕국은 로크 제국과 락토르를 상대하기 위해 북쪽에 모든 전력을 투사하고 있었다. 그런데 락토르 사태로 인해서 두 국경선에 몰아놓았던 기간트들이 당분간 자유로워졌다. 그러니 성장을 방해하는 요소로 여기고 있던 대수림을 이번 기회에 정리할 생각인 것이었다.

"그건 내가 대답해도 되겠소?"

이안이 나서서 말하자 후아칸 족장은 뚱한 눈으로 이안을 바라보며 답했다.

"말하라."

"북쪽의 인간들의 나라에서 큰 싸움이 있었소. 덕분에 리만 왕국은 자유로워졌고 당분간은 국내 문제에 모든 힘을 투사할 수 있게 되었소. 그 때문일 거요."

"으음… 그런 일이 있었는가? 하아…….."

인간들의 나라끼리 치고받은 덕분에 대수림의 수인족들이 무사할 수 있었다. 그런데 락토르 사태로 리만 왕국이 자유로워졌다는 말에 후아칸 족장은 걱정이 앞섰다. 수인족의 힘이 강한 것은 사실이지만 인간들의 전투 병기인 강철 거인을 상대로는 역부족이었다.

"그렇다면 한 가지만 더 묻지."

"말하시오."

"언제까지 리만 왕국의 잡놈들이 자유롭게 굴 수 있나?"

"적어도 3년은 자유로울 거요. 북쪽의 나라들에서 죽어간 병사들의 수가 30만이 넘으니 말이야."

"허어… 30만이라… 엄청나군그래."

후아칸 족장은 30만이라는 병사들이 죽어간 전쟁이 있었다는 것에 놀랐다. 수인족은 강력한 힘을 지닌 대가인지 그 숫자가 적어도 너무 적었다. 대수림에 살아가는 수인족을 다 합한다고 해도 1만이 넘지 않을 것이니 말이다.

"3년간은 그 잡놈들의 공격을 고스란히 당해야 한다는 말인데… 답답하군……."

대수림이 넓기는 하지만 기간트 200기가 넘게 투입된 리만 왕국의 토벌을 언제까지 피할 정도는 아니었다. 진짜 잘 도망 다닌다고 해도 길어야 반년 정도면 대수림은 사라지게 될 것이었다.

"라비톤, 어떻게 해야 하겠나?"

주술사는 부족장인 후아칸의 머리 역할을 수행하는 자였다. 그러니 그가 말하는 방안이 후아칸 일족의 대처 방안이 될 것이었다.

"서쪽의 엘프 일족들과 교섭을 해야 할 겁니다. 그들이 돕는다면 충분히 싸울 수 있을 것입니다."

"엘프들이라… 으득……."

엘프들은 수인족들에게 있어서 고상 떠는 위선자에 불과

했다. 툭하면 영역을 침범했다고 화살이나 날려대는 비루먹은 존재들이었다. 그런 엘프들에게 도움을 청해야 한다는 말에 오만 인상이 다 찌푸려졌다.

"일족의 생존을 위해서는 조금은 굽혀야 할 겁니다."

라비톤이 머리를 조아리며 굽혀야 한다고 말하자 후아칸은 툴툴거리며 불만스러운 말을 늘어놓았다.

"나도 알아. 그래서 더 열 받는 거고. 에잉!"

두 수인족의 대화를 듣던 이안은 엘프들이 돕는다고 이번 사태를 넘길 수 있을지 의문이었다. 아무리 엘프들이 대단한 전력을 지녔다고 해도 리만 왕국이 투사한 전력은 상상 이상의 것이었으니 말이었다.

"족장! 큰일 났습니다! 족장!"

멀리서부터 족장을 찾으며 다급하게 외치는 음성이 모두의 이목을 집중시켰다. 수십 명의 수인족 전사들과 그들의 앞에서 맹렬하게 달려오는 전사장급의 존재가 이안의 눈에 들어왔다.

"무슨 일이냐?"

후아칸은 살짝 짜증이 섞인 음성으로 달려오는 전사장에게 물었다. 그러자 날랜 동작으로 후아칸의 앞에 내려선 전사장이 다급하게 보고를 올렸다.

"서남쪽으로 리만 왕국의 인간들이 몰려오고 있습니다. 엄청난 숫자의 강철 거인들을 앞세우고 있어서 접근조차 어렵습니다, 족장!"

"뭐라? 이렇게 빨리… 허어……."

인간들의 움직임이 상상 이상으로 빠르다는 것에 후아칸 족장은 가슴이 철렁 내려앉았다.

"어느 정도의 거리까지 접근했는가?"

"하루면 영역 안으로 들어올 것입니다."

"하루라… 하루……."

하루라는 시간이 지나면 강철 거인을 앞세운 리만 왕국의 토벌군과 싸움을 시작해야 한다는 소리였다. 지금까지 인간들과 싸우는 방법은 기습을 가하고 치고 빠지는 게릴라식 전법이었다. 하지만 이번에는 강철 거인을 대대적으로 앞세운 상황이기에 그런 방식이 먹힐지 그것이 걱정이었다.

"족장, 우선 노약자들을 칼릴 산으로 이동시키고 다른 일족들에게 소집령을 내리십시오. 모두를 모아서 강하게 몰아쳐야 할 것입니다."

"그렇게 하자. 엘프 일족들에게도 사자를 보내서 도움을 청하도록 하고. 엘프 일족에게는 그대가 직접 가도록 하라. 알겠나?"

"맡겨주십시오. 반드시 원군을 데리고 오겠습니다."

이안은 모두를 모아서 싸우려고 하는 후아칸 족장의 결정에 고개를 가로저었다. 기간트만 200기가 넘게 동원된 정벌 전이라면 아무리 수인족의 전력이 강하다고 해도 중과부적이었다. 익스퍼뜨급의 전사들은 기간트를 파괴할 수 없으니 결국에 싸우다 죽는 것은 수인족이 될 것이었다.

'엘프 부족들도 한번 만나봐야겠군. 그들은 과연 어떤 생각을 하고 있을지도 궁금하고.'

엘프들은 몇 번 본 적이 있었다. 그러나 노예로 팔려온 자들을 본 것이 전부여서 그들의 참모습을 안다고는 할 수 없었다.

그러니 이번 기회에 직접 몸으로 부딪쳐 보는 것도 좋을 것 같았다. 그리고 수인족들을 모두 데려가기 위해선 어느 정도는 호되게 당하게 두는 것도 방법이라 판단했다.

"엘프 부족을 설득하러 가는 길에 나도 같이 갑시다. 인간들을 이끄는 몸이니 어느 정도는 도움이 될 것이오."

이안이 나서 하는 말에 후아칸은 힐끔거리며 이안의 표정을 살폈다. 형형하게 흐르는 이안의 눈빛엔 사심은 없어 보였고 지금껏 수인족을 도왔다는 것을 생각하니 나쁘지 않다고 판단했다.

"그렇게 하라. 인간을 이곳에 계속 머물게 하는 것도 별로 좋지는 않으니 말이야."

"그럼 나중에 봅시다."

이안이 발길을 움직이자 바쿰과 가디언들이 모두 뒤를 따랐다. 엘프 부족이 있는 곳은 대수림의 서쪽으로, 동쪽에 위치한 수인족의 영역과는 동떨어진 곳이었다. 제법 거리가 있는 탓에 바쁘게 움직여야 할 판이었다.

2장

엘프 부족

수인족은 자신들의 힘을 과신하는 면이 컸다. 그러니 이번
에 조금은 그 기세가 꺾이는 것도 도움이 될 것이었다. 모두
를 데리고 갈 수 있다면 좋겠지만 절반만 데리고 가도 성공이
라고 할 수 있었다.

"속도를 올립시다. 마음이 급해서 말이오."

라비톤은 엘프들과의 교섭을 통해서 그들을 이번 싸움에
끌어들이는 임무를 맡았다. 엘프들이 모여 있는 서쪽의 대수
림까지는 하루는 달려야 하는 거리였기에 입에 단내가 날 정
도로 속도를 올렸다.

'수인족은 늙어도 수인족이라 이건가? 대단하군.'

전사도 아닌 주술사의 신체적인 능력이 마스터인 이안도 살짝 부담스러울 정도의 속도를 견뎌내고 있었다. 이안은 자연에 퍼져 있는 마나를 흡수하여 마나홀에서 빠져나가는 것을 바로바로 메우는 경지에 도달하였기에 지치지 않고 그 속도를 유지해 나가고 있었다.

"정말 대단하시오. 인간의 몸으로 우리 수인족의 움직임을 따라잡다니 말이오."

"그리 대단한 것은 아니오. 일정 경지에 오르면 누구라도 할 수 있는 거니까."

"마스터의 경지가 되면 그렇게 되나 보구려. 허허! 인간족 마스터는 처음 보는 터라 대단하게 느껴지는구려."

주술사는 영적인 능력을 사용하는 자였다. 자연 그의 눈은 이안의 몸에 깃든 마나의 힘을 볼 수 있었고 그 대단함에 놀라고 있었다. 수인족은 자연스럽게 마나를 몸 안에 깃들게 하는 터라 인위적으로 마나홀을 만들어서 사용하는 인간족의 방식은 언제 보아도 놀라움을 자아냈다. 아마 그 방식을 수인족이 사용할 수 있게 된다면 아마 그들의 태반 이상이 마스터의 경지를 개척할 수 있을 것이었다.

'하지만 저 인간족의 방식은 수인족과는 맞지 않으니 그것이 문제지. 그것만 해결할 수 있다면 그 누구도 수인족을 무

시하지 못하련만… 하아…….'

수인족은 강력한 힘을 지니고 있었지만 세상은 육체적인 힘만으로 강함을 논할 수 없는 세상이었다. 인간은 마법과 육체적인 능력을 강화시키는 방법 외에도 거의 무적이라고 할 수 있는 강철 거인을 만들어냈다.

"한 가지 궁금한 것이 있소."

"말하시오."

"인간들의 왕이라 들었는데 왜 수인족들을 돕는 거요? 그대와는 하등 상관이 없는데 말이요."

그는 여기까지 오는 내내 궁금했던 것을 물었다. 아무리 부하들이 수인족이라고 해도 같은 인간을 공격해 가며 돕는 것은 아무리 생각해도 이상했던 것이다.

"내 수하들의 일족들을 내가 다스리는 땅으로 데려갈 생각으로 같이 왔었소. 그런데 이런 일이 벌어지고 있더군."

"아… 그래서……."

"수하들의 일족을 구하려다 보니 끼어들게 됐고 이런 상황까지 이어지게 된 거요."

"여기서 조금 쉬었다 갑시다. 식사도 해야겠고."

"그거 나쁘지 않은 생각이오."

이안은 식사를 하자는 말에 서서히 속도를 줄이며 멈춰 섰다. 뒤를 따르던 바쿰이 가디언 몇을 데리고 사라졌고 라비톤의 휘하에서도 몇이 사냥을 위해 다른 쪽으로 신형을 날렸다.

"금방 돌아올 것이니 하던 이야기를 마저 하십시다."

"그것이 좋겠군."

이안도 수인족들의 생각이 어떤지 궁금했던 터라 주술사인 라비톤과의 대화에 기대가 컸다.

"북방의 왕이라고 하셨는데 그 나라는 어느 정도의 힘을 가지고 있소이까?"

라비톤은 이안의 정체에 대해서 관심이 많았다. 인간들의 왕이라고 하니 그 세력이나 가진 힘의 크기가 궁금한 것이다. 물론 그 저변에는 수인족들이 도움을 얻을 수 있을까 하는 기대 심리가 깔려 있음은 부인할 수 없을 터였다.

"그리 큰 나라는 아니오. 대수림의 절반 정도의 크기를 지닌 나라이니 말이오."

"호오! 그 정도만 해도 상당히 큰 땅이지 않소이까?"

"그렇게 생각하면 그렇겠지만… 뭐 땅에 비해서 백성의 수가 적은 것이 흠이라면 흠일 것이오. 100만이 채 안 되는 인구라서 말이지."

레이너 공국의 가장 큰 문제점은 바로 인구수에 있었다. 인구가 국력이라는 점을 생각하면 두 제국의 틈바구니에 끼인 상황에서 언제 허물어질지 모를 모래성이라는 생각이었다.

"그렇군요. 하면 우리 일족들을 데리고 가려는 이유를 말해줄 수 있겠습니까?"

"인구는 적고 이웃한 두 제국의 힘은 강력하오. 그러니 나라를 강하게 만들 수 있는 인재라면 그 누구라도 받아들일 생각이오. 그래야 두 제국으로부터 살아남을 수 있을 것이니 말이오."

"아… 그렇군요."

라비톤은 이안이 담담하게 하는 말에 고개를 끄덕였다. 수인족 전사들이라면 일당백의 힘을 지니고 있었으니 강한 전력을 원하는 이안의 입장에서는 반드시 영입해야 할 인재들일 것이었다.

"호오! 벌써 사냥을 해온 모양이오. 상당히 빠르군그래."

이안은 라비톤의 부하들이 돌아오는 것에 살짝 놀랐다. 불과 10분도 안 되어서 사냥감을 잡아 돌아온다는 것이 말처럼 쉬운 일은 아니니 말이다.

"이 대수림은 우리 일족의 터전입니다. 그러니 이 정도는 일도 아니지요. 허허허!"

라비톤은 만족스럽다는 듯이 웃으며 기꺼워했다. 아직 이안의 수하들은 사냥감을 잡아서 돌아오지 못하고 있으니 자신들이 더 뛰어난 사냥꾼임을 증명한 거 같아 기쁜 것이었다.

"드시지요, 라비톤 님!"

수인족 하나가 건넨 커다란 짐승의 넓적다리를 받은 라비톤은 선혈을 뚝뚝 떨어지는 것을 그대로 물어뜯었다. 수인족이기에 고기를 날것으로 먹는 것이 자연스럽지만 이안이 보기에는 조금은 역한 장면이라 고개를 돌렸다.

'응? 저건······.'

이안이 고개를 돌렸을 때 눈에 띈 것은 쥐의 형상을 한 수인족이 먹고 있는 것이었다. 사람의 주먹만 한 뿌리를 여러 개 갉아먹고 있는 것이 눈길을 잡아끌었다.

'저것이 그 이계인의 기억 속에 있던 그 감자라는 것은 아닐까? 생긴 것을 보면 맞는 것도 같고······.'

북쪽에서는 찾아볼 수 없었던 것이 대수림에서 자생하고 있을 줄은 몰랐다. 자연 호기심이 일어 그에게 다가간 이안의 행동에 수인족 전사는 식사를 멈추고 뚱한 눈으로 쳐다보았다. 식사를 방해받자 조금은 짜증이 치민 표정이었다.

"내 궁금한 것이 있어서 그러는데 그 열매는 무엇이오?"

"이거 말입니까? 우리는 포름이라고 부르는 겁니다만. 왜 그러십니까?"

"아! 다른 것은 아니고 그 열매를 좀 얻을 수 있겠소?"

"이걸요? 뭐 그러시죠."

포름은 대수림에 자생하는 것으로 흔하지는 않지만 그렇다고 귀한 것도 아니었다. 인간의 왕이라는 자가 관심을 둔다는 것이 신기한 측면도 있고 해서, 그는 캐온 포름의 절반을 이안에게 넘겼다.

"여기 있습니다."

"고맙소. 내 사례는 하겠소."

이안은 포름을 받아 들고 냄새를 맡아보았다. 흙냄새가 진하게 느껴지는 가운데 처음 느껴보는 달달하고 고소한 냄새가 열매에서 흘러내리는 진액에서 느껴졌다.

'맞다. 감자라는 그 열매가 확실해.'

포름이라는 열매를 찾게 된 것에 이안은 풀어야 할 숙제 가운데 하나를 풀었다는 기쁨을 느꼈다. 비록 몇 안 되는 개수였지만 이것을 증식시켜서 퍼뜨린다면 곧 식량 부족으로 굶주릴 백성들을 구원할 귀중한 식량이 되어줄 것이었다.

"여기부터가 엘프들의 영역입니다. 폐쇄적인 자들이니 자칫 공격을 가해올지도 모릅니다. 조심하십시오."

라비톤은 엘프들의 영역으로 접어들자 경고 어린 말을 이안에게 건넸다. 엘프들은 자신들의 영역을 침범하면 경고도 없이 화살을 날리기로 유명한 족속이었다. 그 때문에 이안이 다치기라도 한다면 수인족들로서도 곤란한 일이라 경고를 한 것이었다.

"무슨 일이라도 있는 겁니까?"

라비톤은 자신의 이야기를 들은 척도 안 하고 이상한 표정을 짓고 있는 이안에게 의아함을 드러내며 물었다. 그러자 이안은 손을 들어 조용히 하라는 신호를 보내며 귀를 쫑긋거렸다.

'이건 싸우는 소리 같은데? 병장기가 부딪히는 소리는 아니지만 그보다 더 위험한 소리다.'

무언가가 바람을 가르며 날아가는 소리와 가죽이 갈라지는 소리가 은은하게 들려왔다. 비명도 지르지 않고 서로 죽이기 위해서 화살을 날리고 있음이 분명했다.

"엘프들에게도 변고가 있는 모양이오. 갑시다."

"그, 그러지요."

라비톤은 이안의 강함을 알기에 그가 하는 말이 허투루 들리지 않았다. 이안이 앞장서서 내달리자 수인족 전사들도 전투 대형으로 벌려 서며 그 뒤를 따랐다.

"정지!"

이안은 육안으로 확인이 가능한 거리에 도달하자 일행들을 세웠다. 멀리 어마어마한 크기의 나무가 보였고 그곳을 등지고 있는 이들과 마주 보고 있는 이들이 치열한 싸움을 벌이고 있었다. 화살이 서로를 향해 날아가고 흐릿한 기운들이 공중에서 서로를 향해 기이한 힘들을 뿜어내는 살벌한 전장이었다.

"저들은… 으음……."

라비톤은 자신의 눈으로 목격한 것을 믿지 못하겠다는 표정이 역력했다.

"저들은 누구요? 아니 엘프 같아 보이기는 한데. 왜 서로를 공격하고 있는 것이오?"

이안은 귀가 뾰족하고 아름다운 외모를 지닌 엘프들을 보고 이상함을 느꼈다. 한쪽은 피부가 하얗고 다른 한쪽은 회색빛에 가까운 어두운 피부를 지니고 있다는 것만 달랐다. 그런데 서로를 죽이기 위해 필사적으로 싸우고 있는 것이 이상했다.

"다크엘프입니다."

"다크엘프요? 헐……."

다크엘프라는 말에 이안은 어두운 피부의 그들이 다크엘프들임을 알 수 있었다.

"다크엘프는 마계에 굴복한 자들이라고 들었는데 그들이 어떻게 있을 수 있는 것이오?"

"나도 잘 모르겠습니다. 하지만 다크엘프가 등장했다는 말은 지난 몇백 년 동안 처음입니다."

수인족들의 나이는 인간에 비해서 월등히 길었다. 늑인족의 경우는 거의 엘프들보다 오래 산다고 알려져 있었다. 그러니 수인족의 원로라 할 수 있는 라비톤의 말이 틀리지는 않을 것이었다.

'다크엘프라니… 그런데 어째 공수의 위치가 이상한데?'

공격을 가하는 자들은 이안이 보는 위치에서 등을 지고 있는 자들이었다. 그런데 그들은 정통 엘프들이었다. 그리고 엘프들이 신성시하는 세계수 쪽에서 수비를 하는 자들이 다크엘프들이었다. 어떻게 이런 형국이 된 것인지가 의문이었다.

'적어도 3천 이상의 엘프들이 세계수를 둘러싸고 공격을 가하고 있다. 다크엘프들의 수도 그에 못지않은 거 같고. 어떻게 된 일일까?'

의문이 꼬리를 물고 이어졌다. 그러나 저렇게 싸우고 있는 상황에서 대답을 해줄 이는 아무도 없었다. 잠깐이라도 한눈을 파는 사이 목숨이 달아날 수 있으니 말이다.

"어떻게 해야 하겠소?"

이안은 라비톤에게 지금 상황에서 어떻게 행동을 해야 할지에 대해 물었다. 엘프들은 수인족은 인정해도 인간인 자신은 인정하지 않을 것이기에 그의 의견을 따르는 것을 선택했다.

"일단 다크엘프들을 물리치는 것이 좋겠습니다. 마계의 일족이 된 다크엘프들은 대륙의 공적이니 말입니다."

"하긴……."

다크엘프들이 사라진 지 오래되었지만, 그들이 등장하면 온 대륙의 국가들이 힘을 합쳐서 몰살시키는 것이 전통적인 합의였다. 마계와 관련된 것이니 그렇게 하는 것이 큰 재앙을 미연에 방지하는 길이었다.

"갑시다. 한 손이라도 거드는 것이 나을 것 같으니."

"그러지요. 가자!"

이안이 신형을 튕기듯이 쏘아져 나가자 수인족 전사들도 분연히 몸을 날리며 그 뒤를 따랐다.

"누, 누구냐!"

"수인족들이 왜 이곳에……."

엘프들은 뒤쪽에서 달려드는 이안과 그 일행들의 행동에 기겁하며 공격하려는 모습을 보였다. 반사적으로 화살을 날리는 엘프들로 인해서 선두에 선 이안을 향해 10여 발의 화살이 날아들었다.

"우리는 적이 아니다! 다크엘프는 대륙의 공적이니 우리도 그대들을 돕겠다!"

쉬릿! 티티티티팅!

공중에서 기묘한 검술을 선보이며 날아드는 화살들을 해소시킨 이안이 외치자 엘프들은 경계를 하면서도 더는 공격하지 않았다.

"물러가라! 이는 숲의 일족의 일이다!"

"그럴 수는 없는 일! 다크엘프가 등장하면 전 대륙이 힘을 합쳐서 멸족시켜 왔다. 그 전통을 어길 셈인가!"

이안이 강하게 질타하자 엘프들은 인상을 구기며 입을 다물었다. 지금 싸우고 있는 다크엘프들이 세상에 등장한 것은 자신들의 실수로 벌어진 일이었다. 그것이 알려질 경우 엘프들이라 할지라도 전 대륙의 공격을 받을 수 있었다. 그러니 이안을 비롯한 수인족들이 끼어드는 일이 반갑지만은 않았다.

"어떻게 합니까? 엘로운 님!"

동쪽에서 공격하는 엘프들을 지휘하는 이는 엘로운이라는 엘프로, 고귀한 혈통을 이은 하이엘프였다. 일족의 장로인 그의 결정에 따라 이안을 막을지가 결정될 것이었다.

"일단 다크엘프들을 제거하는 것이 급하다. 그러니 나중에 생각하도록 한다."

"네, 엘로운 장로님!"

엘프 전사들은 엘로운의 결정이 내려지자 이안과 수인족 전사들에게서 시선을 떼고 다시 전장으로 관심을 돌렸다.

쉬익! 쎄쎄쎄!

이안이 엘프들의 사이로 파고들어 가자 대번에 다크엘프들이 날리는 공격이 쇄도해 들어왔다. 잿빛의 화살과 정령들이 날리는 공격이 날카롭게 이안의 전신을 노렸다.

"흐압! 돌아가라!"

이안은 오러를 폭출시키며 날아드는 공격을 후려갈겼다.

허공에서 기이한 선을 그려내며 오러가 춤을 추고 적들의 공세는 그대로 소멸되어 사라졌다.

"받았으면 돌려줘야지. 윈드 캐논!"

후웅! 슈슈슈슈슈슈슝!

왼손으로 수인을 맺으며 캐스팅을 한 이안의 마법이 순식간에 십여 개의 바람의 대포를 만들어냈다. 공간을 가르며 다크엘프들에게 쏟아져 나가는 그 공격에 화살을 날리려던 적들은 대경실색하며 몸을 날렸다.

"호오! 대단한 자로군. 어린 인간 같은데 검으로는 마스터에다 마법으로는 6서클을 상회하다니."

하이엘프 장로인 엘로운은 이안에게서 느껴지는 강력한 기운에 놀라고 있었다. 500년을 넘게 살아온 자신의 성취와 버금가는 어린 인간의 실력이 경이로움으로 다가온 것이다.

'저자와 힘을 합친다면 방어선을 뚫고 들어가는 것이 가능할 것이다. 그렇게만 된다면…….'

엘로운은 세계수를 필사적으로 방어하는 다크엘프들을 뚫고 들어가야 할 이유가 있었다. 외부인인 이안에게는 말할 수 없지만 반드시 해내야만 할 임무를 지니고 있는 것이다.

"나를 도와주시겠소?"

"그럽시다. 어떻게 도우면 되는 것이오?"

이안은 엘로운의 물음에 흔쾌히 허락을 하며 방법을 물었다. 그러자 엘로운이 이안의 옆으로 바짝 붙으며 세계수를 가리켰다.

"세계수의 아래쪽에 입구가 보이시오?"

"보이오만."

"그곳을 돌파해 들어가야 하오. 우리가 길을 열면 나머지는 일족의 전사들이 어둠의 일족들을 상대할 거요."

"흠… 알겠소. 갑시다!"

"좋소. 흐랏!"

이안과 엘로운은 오러를 줄기줄기 흩뿌리며 다크엘프들에게로 쇄도해 들어갔다. 강력한 기세가 실린 검세가 허공을 수놓으며 막아서는 적들을 쓸어가기 시작했다.

"크윽!"

"막아라! 목숨으로 막아!"

다크엘프들은 오러가 수놓는 검세 속으로 부나방처럼 뛰어들었다. 필사적으로 막는 그들의 저돌적인 행동에 이안은 적잖이 당황했다. 그 어떤 적들도 이렇게 무모하다고 할 정도로 검을 향해 뛰어들지는 않을 것이기 때문이었다.

"죽엇!"

"크아아앗!"

희번덕거리는 안광을 뿜어내며 죽음을 향해 뛰어드는 다

크엘프들의 공격이 미친 듯이 이안과 엘로운을 향해서 쏟아졌다. 검에 잘려서 죽어가는 와중에도 어떻게든 공격을 퍼붓는 그들의 모습은 비장함을 넘어서 광기에 휩싸여 있는 것처럼 보였다.

'도대체 왜? 무엇 때문에?'

이안은 의문이 들어 엘로운을 힐끗 쳐다보았다. 그가 다크엘프들이 목숨을 도외시하면 이렇게 싸우는 이유를 알려주어야 할 것이었다.

"저들은 시간을 끌려는 거요."

"시간? 무엇 때문에 말이요?"

"세계수를 오염시킬 시간 말이오. 마계와 연결된 세계수가 오염되면 통로를 고착시킬 수 있을 것이기 때문이지."

"통로라… 헐!"

아레나의 던전에 마계와 연결된 통로가 존재했다. 그것을 대마법사인 레이첼이 막아놓았고 그는 그것을 잘 이용하고 있는 중이었다. 그런데 남쪽에도 그런 통로가 열렸다고 하니 기가 찰 노릇이었다. 그리고 반드시 막아야 한다는 사명감 같은 것이 이안에게 생겨났다. 자신의 선조가 그랬던 것처럼 자신 또한 반드시 해야 할 임무라 여긴 것이다.

"죽여라! 반드시 죽여야 한다."

"끼야아앗!"

사방에서 달려드는 다크엘프들은 손에 든 기이한 단검에 회색빛 기운을 실어 공격했다. 수십 명이 한꺼번에 덮쳐오는 그 공격은 막아내는 것이 버거울 정도로 괴이독랄했다.

"정령 마법을 집중한다. 공격!"

"파이어 랜스!"

"어쓰 핸드!"

다크엘프 정령사들의 공격마저 집중되자 이안은 움직이는 것조차 어려워졌다. 이대로 뚫고 나가려다가는 온몸에 치명적인 상처를 입고 말 것 같았다.

"일단 물러나야겠소."

"으득… 그럽시다."

엘로운은 다크엘프들의 저항이 너무 극심하자 물러나는 것에 동의했다. 수천 단위의 다크엘프들을 뚫고 들어가는 것은 제아무리 마스터라고 해도 지난한 일임을 뼈저리게 느낀 순간이었다.

'세계수가 타락하게 되면 마계와의 통로는 고착화된다고 했던가? 그 전에 어떻게든 뚫고 들어가야 한다는 소리인데… 어쩐다?'

이안은 급히 뒤로 물러서며 적들의 공격을 피했다. 물러서는 곳곳마다 정령 마법과 화살이 쏟아져 내리며 지면을 초토화시켰다.

"피해가 크더라도 파상 공세를 펼쳐야겠소."

엘로운의 말에 이안은 고개를 가로저었다. 싸움이라는 것은 기세에 의해 좌우되는 경향이 컸다. 그런데 적들의 기세는 이미 엘프들의 기세를 압도하는 것이었고 목적의식 또한 비할 바가 아닌 상황이었다.

'이런 상황을 뒤집으려면 상대를 압도할 정도의 힘으로 압살해야 한다. 방법은 오직 하나!'

이안은 물러나서 엘프 전사들이 형성한 전열까지 후퇴한 후에 낭랑한 외침을 토했다.

"라피드 소환!"

후웅! 휘류류류류류류류룻!

이안의 외침에 엘로운은 깜짝 놀라 그를 쳐다보았다. 곧 강렬한 마나의 유동이 일어났고 이안의 앞으로 거대한 라피드의 몸체가 소환되어 나타났다.

"헉! 그, 그것은……."

"내가 소환한 기간트이니 경계하지 마시오."

"그, 그렇구려. 허허……."

엘로운은 마신의 형상을 하고 있는 라피드의 모습에 압도되어 버렸다. 검은 뿔이 솟아 있는 라피드의 모습은 모르는 상태였다면 마신의 강림이라 생각할 정도였다.

"내가 길을 열 것이니 최대한 견제를 부탁하겠소."

"맡겨주시오. 부탁하겠소."

이안이 라피드에 탑승하는 것을 본 엘로운은 엘프 전사들에게 우렁찬 외침을 토했다.

"기간트로 집중되는 공격을 최대한 막아야 한다. 총공세로 전환한다. 가자!"

"우오오오오오!"

엘프 전사들 또한 마신의 형상을 하고 있는 라피드의 등장에 놀랐지만, 같은 편이라는 것에 놀란 만큼 기세가 올라갔다. 필사적으로 막아서는 다크엘프들에게 더욱 강력한 공격을 퍼부으며 세계수로 가는 길을 열기 위해 총공세에 돌입했다.

─마스터의 탑승을 환영합니다.

"반갑다. 시간이 급하니 바로 마나 코어를 활성화시키도록!"

─마나 코어 온! 동기화 체크!

빠르게 동기화를 체크하고 마나 코어를 활성화시킨 라피드는 이내 강력한 기운을 폭사시키며 기동에 들어갔다.

"적들을 돌파한다. 급속 기동!"

─마스터의 뜻대로!

라피드는 이안의 의념이 이끄는 대로 방패를 앞세운 채 돌진해 들어갔다.

"기간트다! 정령 마법으로 요격한다. 공격하라!"

"흐압! 라이트닝 스피어!"

슈웅! 슈슈슈슈슝!

수십 줄기의 정령 공격이 라피드를 향해서 쏟아졌다. 어떻게든 막아내겠다는 의지가 깃든 그 공격은 숨 돌릴 틈을 주지 않고 융단폭격을 가해왔다.

"오러 실드!"

쿠쿵! 쿠쿠쿠쿠쿠쿵!

방패와 기간틱 소드에 오러 실드를 둘러 공격을 막은 이안은 그대로 다크엘프들을 깔아뭉갰다. 부나방처럼 달려들어 라피드의 외장갑에 쿠쿠리를 찔러 넣던 다크엘프들은 오러 실드에 막혀 그대로 튕겨져 나갔다.

"속도를 올린다! 뚫어!"

라피드는 이안이 전력을 다해 오러를 발휘하여 적의 공격을 해소하는 동안 급속 기동으로 다크엘프들의 방어선을 뚫어나갔다.

"적의 전열이 무너졌다. 총공격을 가하라!"

"엘븐나이트들은 기간트의 뒤를 따르라! 가자!"

엘프 전사들 가운데 가장 강한 자들로 구성된 엘븐나이트들이 라피드의 뒤로 급히 따라붙으며 삼각대형으로 치고 나갔다. 뒤로 갈수록 다크엘프들을 밀어내며 방어선에 구멍을 크게 만드는 그 돌격으로 전세가 급격하게 기울어갔다.

"입구가 코앞이다. 좀 더 힘을 내라!"

"흐압! 죽어라, 마계의 개들!"

엘프들의 보조에 힘입어 라피드는 더욱 속도를 올리며 세계수를 향해 돌진해 들어갔다. 사방에서 싸우는 와중에 한쪽이 뚫리자 다른 쪽에서도 동요가 일어났다. 전체적인 조화가 깨진 것에 방어선이 곳곳에서 뚫리기 시작한 것이었다.

"나를 뚫기 전에는 어림없다. 플레임 스트라이크!"

후웅! 화르르르르륵!

엄청난 위력이 실린 마법 공격이 라피드를 향해서 날아들었다. 마도사급의 존재가 날린 화염 마법이 그대로 직격해 들어오는 것을 시작으로 10여 줄기의 마법력이 라피드에게 쏟아졌다.

'마도사급의 실력이다… 크웃!'

입구에 거의 도착하자마자 쏟아지는 그 공격에 라피드는 강한 폭발에 휩쓸리며 뒤로 물러서야 했다.

"장로급의 존재들이오. 위험하오!"

엘로운의 외침에 이안은 마법 공격을 퍼부은 이들이 다크엘프 장로들임을 알 수 있었다. 그 정도의 실력을 지닌 자들이 입구를 지키고 있는 것은 어찌 보면 당연한 일이라는 생각이 들었다. 자신이 수비를 하는 입장이라고 해도 그런 배치를 할 것이니 말이다.

'어떻게든 저들을 죽여야 길이 열리겠군. 크으……'

어떻게 공격을 가할까 생각하는 동안에도 재차 마법들이 날아들었다. 정령을 이용한 마법부터 암흑 마법까지 날아드는데 그 위력에는 라피드라고 해도 강한 타격을 받을 정도의 힘이 실려 있었다.

"오러 실드! 매직 배리어!"

오러와 마법을 동시에 써서 겨우겨우 막아낼 정도의 공격이 연속으로 쏟아졌다. 공격을 막아낼 때마다 그 반동으로 라피드의 거체가 뒤로 조금씩 밀려났다.

'살을 내주고 뼈를 깎는다!'

이런 식으로 방어만 하다가는 결국 마나 코어의 마나가 소진되어 버릴 것이었다. 그러니 라피드에 조금의 타격이 가해진다고 해도 적들을 하나씩 제거하는 것이 최선의 선택이라 판단했다.

"오러 실드! 기가 라이트닝!"

오러로 방어하며 가장 강력한 뇌전의 마법을 적들이 있는 곳으로 날렸다. 라피드의 이마에 박혀 있는 푸른 보석에서 일어난 뇌전이 몇 배로 증폭된 채 쏘아져 나갔다.

후앙! 파츠츠츠츠츠측!

"으… 으아아아아!"

뇌전에 휩쓸린 다크엘프 장로 하나가 그대로 가루가 되어 소멸되어 버렸다. 그 주위에 있던 이들은 엄청난 충격을 받았는지 그대로 주저앉으며 정신을 잃었다.

"라피드, 피해 상황을 보고하라!"

─외장갑의 파손이 심각합니다. 그러나 마력 회로는 무사합니다, 마스터!

"다행이군. 다시 한 번 공격한다. 기가 라이트닝!"

이안은 3명의 장로들을 한 번에 날려 버린 것에 고무되어 바로 공격을 펼쳤다. 1/3에 해당하는 적들이 사라졌으니 이제는 날아오는 공격을 어느 정도 막아낼 수 있을 것이었다.

"크윽… 됐다!"

이안은 또 3명의 적들을 쓰러뜨린 후 진득한 살기가 실린 눈빛을 뿜어냈다. 라피드의 외장갑 여기저기가 찢겨져 검푸른 마나가 흐릿하게 새어 나갔지만 그 정도는 감수해야 했다. 그러나 당한 만큼 갚아주어야 한다는 생각에, 살기를 일으킨 채 재차 돌진해 나갔다.

"지옥으로 꺼져라!"

후웅! 쎄에에에엑!

라피드의 손에 들린 거검이 강력한 기운을 흩뿌리며 다크엘프 장로들을 향해 거칠게 쓸어갔다. 다크엘프들은 사방으로 튕기듯 물러서며 반격의 기회를 노렸지만 또 다른 공격이 그들을 기다리고 있었다.

"어둠의 종자들아, 내 검을 받아라!"

엘로운 장로의 엘븐소드가 막 지면에 착지한 적의 목을 그대로 베어냈다. 미처 몸을 가눌 틈도 주지 않고 쏟아진 공격에, 적은 눈을 부릅뜬 채 목이 떨어져 내렸다.

"이, 이놈! 죽엇!"

또 다른 적인 엘로운의 가세에 살아남은 두 명의 다크엘프 장로들은 광폭한 외침을 토하며 공격의 방향을 돌렸다. 그러나 그들의 공격이 엘로운에게 닿기도 전에 거대한 방패가 막아섰다.

콰앙! 퍼펑!

육신이 그대로 터져 나가는 파육음과 함께 적들을 압살한 이안이 라피드에서 뛰어내렸다.

"라피드 역소환!"

후웅! 스스스스슷!

라피드를 역소환시킨 이안은 빠르게 다가오는 엘로운 장로에게 말했다.

"저 입구로 들어가면 되는 것이오?"

"그렇소이다. 저 안에서 벌어지고 있는 일을 저지해야 하오."

"그렇군. 갑시다."

엘븐나이트들이 속속 적의 저지를 뚫고 안으로 들어왔다. 그들이 입구를 지키는 것을 뒤로한 채 이안은 세계수의 밑동에 뚫려 있는 입구로 들어섰다.

'지독한 마기가 올라오고 있군.'

아레나의 던전에서 겪어보았던 그 음습한 마나가 입구에서 뿜어져 올라왔다. 그 마나를 뚫고 들어가던 이안은 어둠으로 잠겨 있는 입구를 관통하여 세계수의 뿌리 쪽으로 내려가기 시작했다.

"조심하시오. 어떤 적들이 기다리고 있을지 모르니."

"어차피 막지 못하면 끝나는데 몸 사릴 여유는 없소."

"하긴… 그건 그렇소."

마계와의 통로가 고착화되어 버리면 세상은 멸망으로 갈 수밖에 없었다. 그러니 죽는다고 해도 반드시 막아야 하는 임무가 주어진 셈이었다. 이안과 엘로운 장로는 결연한 의지를 드러내며 빠르게 세계수의 뿌리를 향해 걸음을 재촉했다.

"으음… 역시."

"어둠의 일족의 하이 로드가 분명하오."

세계수의 뿌리 부분에 만들어진 공간의 틈으로 마계의 마나가 올라오고 있었다. 그리고 그 마나는 뿌리로 스며들며 계속해서 세계수를 오염시키고 있었다. 그 앞에서 팔짱을 낀 채 버티고 있던 다크엘프의 하이 로드는 무심한 눈빛으로 이안과 엘로운 장로를 바라보았다.

"의외로구나. 인간과 혼혈이 녀석이라니."

"의외일 거 없다. 온 것은 우연이지만 이제는 필연이 되어 버렸으니까."

이안은 하이 로드의 강함을 느끼며 바짝 긴장했다. 이제까지 수많은 적들과 싸워오면서 이렇게 긴장하기는 처음이었다. 그러나 결코 물러설 수 없는 싸움이라는 것에 마음을 다 잡았다.

'죽기 아니면 까무러치기지.'

강렬한 안광을 뿜어내며 검을 겨눈 이안의 신형이 허공을 가르며 하이 로드를 향해 폭사해 들어갔다.

3장

막아야겠지?

 다크엘프 일족을 이끄는 수장이자 세계수를 타락시켜 마계와의 통로를 만들어내려고 하는 칼리는 일족의 염원을 이루기 위해 검을 들었다. 사이로운 기운이 흘러나오는 두 자루의 환도는 날카로운 예기를 흩뿌리며 무수한 도영을 만들어냈다.

 "나를 넘기 전에는 한 걸음도 안으로 들어갈 수 없다. 오너라!"

 고저가 완전히 죽은 덤덤한 음성이었지만 그것이 더욱 듣는 이를 거북스럽게 만들었다. 그러나 그녀의 도영이 만들어내고 있는 수비망을 뚫고 들어가야 하는 것이 이안의 임무였다. 세계수의 뿌리 부위에 만들어져 있는 암흑의 기운이 점점 세계수를 오염시키고 있었기 때문이었다.

"내가 저 다크엘프를 맡겠소. 그러니 그대는 돌아 들어가서 오염원을 제거하시오."

"그래주겠소? 부탁하리다."

엘로운 장로는 마계와의 통로가 작게 열려 있고 그곳에서 흘러나오는 기운이 세계수를 오염시키는 것에 마음이 다급했다. 이안이 칼라를 막는 동안 자신이 그 통로를 부술 생각이었다.

"그럼 시작합시다."

"그럽시다."

이안이 먼저 칼라의 영역 안으로 신형을 폭사시켰다. 오러를 폭발하듯이 쏘아내며 엄청난 속도로 쏘아져 들어가는 그의 움직임은 인간의 동체 시력으로는 쫓아갈 수도 없는 스피드였다. 잔영이 흐릿하게 남을 정도의 움직임이었기에 엘로운은 깜짝 놀랄 수밖에 없었다.

"허어… 대단하군."

넋을 놓고 대단하다는 말을 하는 동안 이미 이안은 칼라의 영역 안으로 들어가 그녀와 싸움을 시작했다. 10여 합이 넘는 공방이 순식간에 이루어졌지만, 서로를 뚫지 못하고 무수한 오러의 파편만 허공에 만들어냈다.

"이럴 게 아니지."

엘로운은 이안이 칼라를 빠르게 공격하는 것을 보다 이내 정신을 차리고 두 사람이 싸우는 곳을 우회하여 마계의 통로가 열린 곳으로 신형을 날렸다.

"오호호! 대단하구나. 하지만 어림없는 수작이다."

휘릿! 스스스스슷!

이안의 공격을 받아내던 칼라는 엘로운이 옆으로 우회하는 것에 비릿한 조소를 날렸다. 그리고 이내 어둠의 기운으로 몸을 가린 채 순식간에 모습을 감춰 버렸다.

'이건… 그 마족의 기술?'

이안은 전에 상대했던 하급 마족의 기술과 흡사한 것에 눈에 이채를 띠었다. 전에는 어떤 방식으로 이루어지는 것인지 몰라서 당황했었지만 지금은 달랐다. 바로 공간각을 더욱 촘촘하게 퍼뜨리며 칼라의 움직임을 쫓아갔다.

'저기다!'

칼라의 움직임이 느껴지는 곳으로 곧장 오러의 검을 쏘아 보냈다.

파앗! 파팟!

분명 자신의 검이 칼라의 이동하는 경로를 예측하여 베어 냈다고 생각했다. 그러나 어느 순간 허깨비가 꺼지듯이 사라져 버리는 칼라의 기척에 이안의 검은 허공만 가르고 허망하게 멈췄다.

'어디지? 어디냐고!'

더욱 기감에 집중하며 칼라의 움직임을 찾으려 필사적이 되었다.

'위험!'

등 뒤쪽에서 갑자기 쏟아지는 지독한 살기에 이안은 오러 스텝으로 피해냈다.

'크읏……'

입 밖으로 소리를 내지는 않았지만 스치듯이 등판을 가르고 지나간 칼라의 환도에 저릿한 고통을 느꼈다. 화끈거리는 통증이 느껴질 때 반사적으로 신형을 튕기며, 뒤쪽을 바짝 쫓아 공격할 칼라에게 역공을 퍼부었다.

"늦어. 그 정도로는 나를 잡을 수 없다."

조롱이라도 하듯 다시 허깨비인 양 사라져 버린 칼라의 신형은 통로를 향해 다가가는 엘로운에게로 향했다.

"조심!"

이안의 경고성에 엘로운 장로는 아랫입술을 질겅 깨문 채 칼라의 공격에 맞섰다. 그러나 어떤 방식으로 움직이는지 파악도 하지 못한 엘로운은 금세 위기에 처했다.

"으득!"

이안은 이를 앙다문 채 칼라를 향해 신형을 폭사시켰다. 그녀의 움직임을 따라잡지는 못한다고 해도 자신의 이동속도 또한 그녀가 경시할 수준은 아니었다.

'엘로운을 구해야 한다. 반드시!'

엘로운을 무차별 공격으로 몰아세우고 있는 칼라의 환도는 어둠의 기운을 담은 채 소용돌이가 치듯이 휘몰아쳤다.

"죽엇!"

젖 먹던 힘까지 쥐어짜내며 속도를 올린 이안이 공간을 격하며 날아가 칼라의 목을 향해 극쾌의 검술을 퍼부었다. 허공에 하나의 선이 만들어지며 공간이 갈라지고 그 갈라짐은 칼라의 목을 향해서 뻗어나갔다.

쉬릿! 파앗!

'또? 어떻게……'

이안은 자신의 검이 또다시 허공을 가르고 마는 것에 머릿속 가득 의문만 남았다. 아무리 칼라의 능력이 뛰어나다고 해도 0.1초도 안 되는 그 찰나의 순간에 검세를 벗어난다는 것은 말도 되지 않았다. 그런데 번번이 그런 경우를 당하니 자신의 검술에 대한 자괴감마저 들기 시작했다.

"어둠! 어둠 속에서는 절대 그녀를 이길 수 없소."

엘로운 장로가 온몸에 상처를 입은 모습을 한 채 외쳤다. 어둠 속에서 이길 수 없다는 그 말에 이안은 번뜩하고 머릿속을 스치는 생각이 있었다.

'그 마족은 공간 이동으로 이동하며 싸우는 방식이었다. 그런데 저 다크엘프는 달라… 공간 이동을 하는 것이 아니었어.'

하나의 힌트가 떠오르자 그 동안 몇 번이나 자신의 공격을 벗어나며 괴이독랄한 공격을 퍼붓던 칼라의 수법이 무엇인지 알 수 있었다.

"그림자… 그림자가 답이었어."

"호호호! 이제야 깨달았느냐? 어둠이 있고 그림자가 있는 한 네놈은 절대 나를 어쩌지 못한다. 받아라!"

사방에서 허깨비처럼 솟아오르는 무수한 그림자들이 칼라의 형상을 한 채 이안을 향해 밀려들었다. 수십 개가 넘는 그 그림자의 공세에 이안은 생각을 정리할 시간도 없이 급히 검을 풍차처럼 휘두르며 수비에 나섰다.

'저것들은 허상이다. 진체가 무엇인지 찾아야 해!'

이안은 공감각을 극으로 퍼뜨려 칼라의 진체가 어떤 것인지 찾으려 했다. 그러나 그림자에서 느껴지는 기운은 어느 것 하나 허상이라는 느낌이 아니었다. 모두가 진체였고 살기와 기세가 모두 동일하게 느껴졌다.

"빌어먹을!"

분통을 터뜨린 그는 극성으로 오러 스텝을 폭출하며 그림자 사이를 돌파해 나갔다. 어느 정도 피해를 입더라도 단 한 번의 반격으로 칼라를 쓰러뜨릴 기회를 노리기 위함이었다.

쉿! 핏! 피핏!

팔과 다리에 스쳐 지나가는 어둠의 기운들에 의해 이안은 점점 혈인으로 변해갔다. 전투에 대한 흥분으로 인해 고통은 느껴지지 않았지만 작은 감각의 변화는 점점 누적되며 크게 쌓여갔다.

'어떻게 해야 이길 수 있는 거지? 그림자가 있는 한⋯ 잡을 수 없는데.'

그림자를 통해 이동하는 칼라의 움직임은 딜레이가 없이 블링크 마법을 사용하는 것 같았다. 그리고 그녀가 사용하는 그림자를 이용한 공격 기술은 수십 명의 적을 상대로 싸우는 것과 같은 효과를 보였다. 시간이 갈수록 불리해지는 것은 자신이었고 이대로 가다가는 불리 유무를 떠나서 채 몇 분도 버텨내지 못하고 목이 잘려 나갈 판이었다.

'그림자를 모두 없앨 수도 없고⋯ 으득!'

그림자는 빛이 있어야 생기는 것이지만 어둠 속에서는 더욱 큰 힘을 발휘하는 칼라이기에 빛을 없앨 수도 없었다. 그러니 진퇴양난에 봉착한 이안은 필사적으로 칼라의 약점을 공략하기 위해 머리를 굴려야 했다.

'그래⋯ 그림자를 없애 버리겠어.'

이안은 그림자를 없애버리는 방법이 유일하게 자신이 할
수 있는 방법이라 생각했다. 그리고 그 그림자를 없애는 방법
으로 생각한 것은 마법이었다.

"라이트! 라이트! 라이트! 라이트!"

미친 듯이 도주하며 라이트 마법을 지하 공동에 만들어냈
다. 수십 개가 넘는 빛의 구가 공중에 생성되며 눈을 부시게
만들 정도의 빛이 가득해졌다.

"이, 이런······."

빛이 가득해지며 눈이 부실 정도에 이르자 그림자는 급격
하게 사라져 버렸다. 짙은 어둠과 세계수에서 뿜어지던 빛으
로 진하게 생겨났던 그림자가 사라지자 대번에 칼라의 움직
임에 문제가 생겨 버렸다.

"빛이 정답이었어. 흐랏!"

이안은 그림자를 찾아보기 어려운 눈부신 공간 속에서 칼
라의 위치를 파악하고 신형을 날렸다. 눈부신 푸른 오러가 빛
으로 가득한 공간을 가르며 미친 듯이 칼라의 전신을 쪼개기
위해 휘둘러졌다.

카앙! 카카카카카캉!

이동 수단을 잃어버린 칼라는 이를 악물고 이안의 공격에
맞섰다. 서로를 베기 위해서 휘둘러지는 검과 환도가 무수한
충돌을 일으키며 오러의 파편이 사방으로 비산했다.

"으랏! 부서져라!"

엘로운 장로가 휘두른 검이 점점 크기를 넓혀가는 마계의 통로를 향해 날카롭게 휘몰아쳤다.

"크으… 내가 죽는다 해도 부수고 말리라!"

강력한 반탄력에 뒤로 연신 튕겨 나가는 엘로운 장로는 파괴하지 못하면 끝장이라는 절박함에 죽음을 각오하고 덤벼들었다. 피를 토해가며 후려치는 그 절박함이 통했는지 조금씩 마계의 통로는 그 크기가 줄어들어 갔다.

"커헉… 아, 안 되는데… 으으……."

수십 번의 칼질을 통해서 반탄되어 온 극악한 힘에 의해서 엘로운은 죽음에 이를 정도의 내상을 입고 말았다. 결국 전부 제거하지 못하고 쓰러지고 말았다.

웅! 웅! 웅! 웅! 웅!

그러나 그의 희생으로 마계에서 올라오는 기운이 줄어들자 세계수가 힘을 냈다. 웅장한 마나의 기운이 세계수에서 흘러나오며 마계의 통로에서 나오는 기운과 힘겨루기를 시작한 것이었다.

'됐다. 조금만 힘을 내라고!'

이안은 세계수의 분전을 느끼며 더욱 강력한 검세로 칼라를 휘몰아쳤다. 빛으로 물든 공간에서 제힘을 발휘하지 못하는 칼라는 본신의 힘만으로 이안을 상대하며 점점 수세에 몰려갔다.

"이익! 나중에 다시 보자!"

칼라는 이안의 속도를 이겨내지 못하게 되자 점점 수세로 몰리는 것에 퇴각을 결정했다. 엘로운의 희생으로 세계수를 오염시키던 마계의 통로가 절반 이하로 줄어들었기에 희망이 사라져 버렸다. 그런 상황에서 자칫 자신의 목숨이 위태로울 지경에 처하자 목숨이라도 구하는 것을 선택한 것이었다.

"어딜 도망가려느냐!"

이안은 분노를 터뜨리며 도주하는 칼라의 뒤를 바짝 추격했다. 필사적으로 도주한 칼라는 세계수의 입구를 향해 미친 듯이 달려 나갔다.

─인간의 왕이여, 가지 마라.

"응? 이건······."

이안은 자신의 머릿속에서 울리는 기이한 음성에 걸음을 멈췄다. 그리고 그 음성은 세계수의 의지가 전해오는 의념이라는 것을 금세 알아챘다.

"할 말이 있는 겁니까?"

─그 아이를 쫓을 시간이 없다. 마계의 기운을 몰아내는 것처럼 보이지만 실은 그 아이를 속이려고 했던 것에 불과하다.

"네? 그렇다면······."

─맞다. 이미 너무 많은 마기가 내 몸으로 스며들었다. 이

마기를 해소하지 못하면 나는 급격하게 오염되어 전혀 다른 존재로 변하게 될 것이다.

"으음… 그렇군요."

이안은 마기가 세계수를 잡아먹고 있다는 것에 인상을 침중하게 굳혔다. 세계수가 오염되는 것은 곧 마계의 통로가 고착화되는 것을 의미했으니 말이다.

'어떻게 한다? 저 마기를 해결해야 하는데… 으음……'

마기를 해결할 방법이 떠오르지 않았다. 옛날 레이첼은 봉인 마법진으로 마계의 통로를 통째로 봉인해 버렸었다. 그걸 생각하면 세계수를 봉인 마법진으로 똑같이 해야 한다는 결론밖에 답이 나오지 않았다. 그러나 그것은 그것 나름대로 문제가 생기는 것이기에 이러지도 저러지도 못했다.

─인간이여, 나의 아이를 살려다오.

"아! 잠시만 기다리십시오."

이안은 거의 죽음으로 치닫고 있는 엘로운에게 달려갔다. 급히 그레이트 힐링 마법을 시전하고 내상을 진정시킬 회복 마법까지 걸었다. 한 번으로는 어림도 없는 상황인지라 급히 십여 번의 주문을 시전한 후에야 엘로운의 숨이 정상적으로 돌아왔다.

"왠 놈이냐!"

세계수의 입구에서 뾰족한 음성이 날카롭게 울렸다. 이안은 엘로운에게서 시선을 떼서 그 소리가 난 방향으로 고개를 틀었다.

"난 적이 아니오. 그러니 경계하지 마시오."

"감히 인간이 어머니의 몸속으로 들어오다니. 용서할 수 없다!"

레이피어를 뽑아 들고 다짜고짜 공격해 온 엘프 여전사는 냉막한 인상을 싸늘하게 굳힌 채 찌르기 일변도의 공세를 가해왔다.

"이런!"

이안은 짜증이 솟구쳐 그 공격에 필요 이상의 힘을 실어 반격을 가했다.

카앙! 주루룩!

한 번의 부딪힘으로 사정없이 뒤로 밀려난 엘프 여전사는 입술을 질겅 깨물었다. 자신의 실력으로는 어림도 없는 실력을 지니고 있다는 것을 느낀 것이었다.

―그만하도록 하거라. 그는 우리의 적이 아니니라, 나의 아이야.

"어, 어머니!"

엘프 여전사는 세계수의 영이 보내오는 의념에 당혹성을 터뜨렸다. 적이 아니라는 세계수의 말에 자신이 큰 잘못을 저질렀다는 것을 뒤늦게 깨달은 것이었다.

"미, 미안합니다. 저는 그냥……."

"됐으니 비키기나 해."

이안이 싸늘하게 대꾸하자 얼굴이 붉어진 여전사는 자신도 모르게 뒤로 물러섰다.

"아까 하던 이야기나 마저 하죠. 어떻게 해야 합니까?"

이안은 세계수의 영에게 어떻게 해야 마기를 제거할 수 있는지 물었다. 자신이 아는 방법으로는 엘프들이 모두 소멸될 것이니 다른 방법이 있는지 묻는 것이었다.

─인간이여, 그대가 가지고 있는 그 어둠의 힘은 마계의 존재가 맞는가?

세계수의 물음에 이안은 고개를 끄덕였다. 쥘베른과 합쳐진 마수의 존재에 대한 물음임을 바로 알 수 있었다.

─그 마계의 존재라면 나를 괴롭히는 마기를 가져갈 수 있을 것이다.

"그런 방법이… 아!"

이안은 자신의 기운을 다른 이에게 전하는 방법을 떠올렸다. 같은 방법으로 세계수에 깃든 마기를 뽑아내는 것도 가능하다는 생각이 든 거였다.

─할 수 있겠느냐?

"할 수는 있겠지만… 전부 흡수할 수 있을지는 모르겠군요."

용량의 한계치라는 것이 존재했다. 아무리 대단한 마수의 힘이라고 해도 그 용량을 초과한 마기라면 자칫 자신의 파국으로 치달을 수도 있었다. 자신의 목숨을 걸고 세계수를 구해야 하는지는 의문이었다.

ㅡ지금 막지 못한다면 이 세계는 마계의 공격으로 멸망에 이를 것이다. 그것을 잊지 마라, 인간이여.

"으음……"

자신의 목숨이 걸린 일이지만 그것이 곧 세계의 안녕을 지키는 길이라는 말에 뒤로 물러서지도 못하게 되어버렸다. 여기서 물러선다면 자신은 영원토록 겁쟁이로 이름을 남기게 될 것이니 말이다.

'해보자. 어차피 죽기 아니면 살기니까.'

이안은 곧장 엄청난 피해를 입고 아공간으로 돌려보냈던 라피드를 소환했다.

"라피드 소환!"

후웅! 휘류류류류류룻!

마법진에서 솟아 나오는 라피드는 여전히 전신에 깊은 상처를 입은 채로 소환되어 나왔다.

"라피드 탑승한다."

라피드는 이안의 명령에 바로 그를 소환하여 조종석으로 이동시켰다. 상당한 피해를 입은 탓에 동기화는 그대로였지만 기동 능력부터 여러 가지가 70% 이하로 떨어져 있었다.

"이제 어떻게 하면 됩니까?"

이안의 물음에 세계수의 영은 자신의 뿌리에 라피드의 손을 가져다 대라고 말했다.

"이걸로 되는 겁니까?"

─지금 내 내부에서 싸우고 있는 마기를 보낼 것이다. 그러니 준비하라.

"해봅시다. 보내세요!"

이안은 심호흡을 빠르게 가져가며 닥쳐올 미증유의 마기에 대비했다. 이미 겪어보았던 마기이니 그 음습함이나 성정을 날뛰게 만드는 이상한 힘에 대비하는 것이었다.

─보내겠다. 부디 이겨내기를 바란다.

"걱정 말고 보내요. 이겨 보일 테니까!"

이안은 세계수의 영이 걱정스러운 말을 하는 것에 호기를 부리며 대답했다. 이미 다른 방법이 없는 상황에서 이겨내는 것이 최선이라면 더욱 당차게 나가자는 생각에 호기를 부리는 거였다.

후웅! 휘류류류류류륭!

뻗은 라피드의 손을 통해서 엄청난 기운이 밀려들었다. 차갑고 사나운 기운은 라피드의 장심을 바로 통과하여 전신의 마나로드를 타고 무시무시한 기세로 휘돌았다.

'크윽… 이, 이건 너무하잖아…….'

―마스터! 마기가 폭주합니다. 이대로는 버티기 어렵습니다!

라피드의 에고는 마기의 폭주에 마나로드가 터져 나갈 거라는 경고를 보내왔다. 너무도 거대한 힘이었기에 그것을 버텨내기에는 제아무리 라피드라고 해도 어려운 것이었다.

"끄으으으……."

참기 힘든 고통이 이안을 덮쳐왔다. 라피드의 마나회로에서 과부하를 호소하는 괴음이 나는 것보다 더 큰 억눌린 신음소리가 그의 앙다물린 이빨 사이를 뚫고 흘러 나왔다.

'버텨야 한다… 버텨야…….'

이안은 마나회로를 모두 파괴할 것처럼 날뛰는 마기를 제어하기 위해 필사적으로 정신을 집중시켰다. 고통으로 혼미해져 가는 정신을 강하게 붙잡으며 치열하게 싸워 나갔다.

'보석… 힘을 흡수하기 시작했다!'

라피드의 이마에 박혀 있는 푸른 보석은 마수의 권능이 자리한 것이었다. 마기가 그곳으로 급격하게 몰려들며 흡수되기 시작했다. 물론 그렇다고 해도 너무 많은 마기의 양이 마나로드를 타고서 무섭게 휘돌고 있었다.

―크워어어어어엉!

보석의 빛이 점점 더 강렬하게 변하고 어느 순간 이글거리는 청염이 터져 나왔다. 그와 보조를 맞춰 라피드의 입에서 터져 나오는 괴성은 합쳐지기 이전의 마수가 내지르는 포효 같았다.

'좋아… 함께 싸워보자. 이겨내 보자고!'

이안은 힘찬 포효를 터뜨리며 이겨내자고 응원을 보내는 라피드와 합쳐진 마수의 보석에게 화답했다. 그리고 한결 잦아든 고통을 이겨내며 마기와 싸워 나갔다.

'이제는 이걸 흡수할 수 있을 것 같은데… 해보자.'

라피드의 마나회로를 타고 흐르는 마기가 이안에게도 흘렀다. 그 마기를 자신의 마나로드를 통해 흡수하기 시작했다.

웅! 웅! 웅! 웅!

강력한 진동이 일어나며 7개의 서클이 밀려드는 마기와 힘겨루기를 시작했다. 누가 주가 되어 서클을 차지하느냐의 싸움이 시작된 것이었다. 마기가 이긴다면 그동안 서클의 주인이었던 마나는 밀려나고 마기가 차지하게 될 판이었다.

'흡수해야 한다. 이겨낼 수 있어!'

강하게 자기암시를 걸며 마나 서클 안에서 일어나고 있는 싸움에 더욱 강하게 집중했다.

—나를 거부하지 마라.

—나를 받아들여. 그럼 너는 최강자가 될 수 있다.

—본능에 충실해. 파괴의 본능… 살육의 본능을 왜 억누르고 있지?

마기를 제압하려고 할 때 갑자기 마음속 깊은 심연에서 솟아오르는 무언가가 있었다. 그것은 속삭이듯이 이안에게 자신을 거부하지 말라고 말했다.

'흐읏……'

침음성을 삼키며 그 속삭이는 말들을 부정하고 억눌렀다. 그럴수록 더욱 강해져만 가는 그 유혹은 계속해서 이안이 만들어놓은 단단한 벽을 허물어가기 시작했다.

─나를 받아들이라고. 그럼 이 세상이 너의 발 앞에 복종하게 될 거야.

─전능자가 될 수 있다고. 나를 받아들이기만 하면 돼.

─나와 함께라면…….

끊임없이 이어지는 그 유혹들과 함께 서클에서 느껴지는 어마어마한 힘은 이안을 신이라도 부술 수 있을 듯한 광오함으로 물들게 만들었다.

'으으… 이러면 안 된다. 힘에 취하게 되면… 나는 더 이상 내가 아니게 된다!'

이안은 심마에 빠져서 허우적거리다 마지막 한 줄기 남은 이성을 붙잡았다. 그리고 심마에 지게 되면 결국 마인이 되어 파멸의 길을 걸어가게 된다는 것을 떠올렸다. 많은 사람들이 마스터의 벽을 깰 때 겪게 되는 그 심마의 단계에서 광인이 되었던 이전의 기록들이 생각난 것이었다.

'절대 질 수 없어. 그 어떤 것도 나를 꺾을 수는 없다!'

이안은 유혹의 말들이 들려올 때마다 혀를 깨물며 정신을 차렸다. 지독한 고통이 느껴질 때마다 허물어지려고 하는 이성이 돌아오고 입에서는 붉은 선혈이 주르륵 흘러내렸다.

"정신이 드시나요?"

엘로운 장로를 흔들어 깨우는 하이엘프이자 최연소 장로인 엘샤인은 걱정스러운 표정을 지울 수 없었다.

"으음… 엘샤인?"

"네, 저예요. 엘로운 장로님!"

"이게 어떻게 된 것이냐? 너는 어떻게 이곳으로 온 것이고?"

"다크엘프 일족들이 물러났어요. 칼라가 도망치듯이 빠져나가고 다른 일족들도 도주했답니다."

"그렇구나… 그런데 그 인간의 왕은……."

엘로운은 정신이 완전하게 돌아오자 이안에 대해서 물었다. 그가 칼라와 싸웠고 그녀를 물리쳤을 테니 그가 처한 상황이 궁금한 것이었다.

"저길 보세요."

"어디… 이런!"

엘로운 장로는 세계수의 뿌리에 손을 대고 엄청난 마기를 흡수하고 있는 라피드를 볼 수 있었다. 그리고 그 라피드에서 흘러나오고 있는 기괴한 소성을 통해서 치열한 싸움을 벌이고 있다는 것도 알 수 있었다.

"그 인간은 어떻게 됐느냐?"

"싸움이 끝나고 어머니의 말씀이 있으셨어요. 그 말씀대로 저 인간이 마기를 흡수하기 시작했고요. 그리고 얼마 지나지 않아서 저 인간이 따로 떨어져 나오더라고요."

"그리고?"

"저 기간트와 인간이 따로 어머니로부터 마기를 흡수하며 지금까지 시간이 흘렀어요."

"얼마나 흘렀느냐?"

"벌써 반나절은 넘었어요."

"하아… 반나절이라…….."

아마도 세계수의 영이 다른 엘프들의 출입을 막았을 것이다. 마기에 노출되면 정신력이 약한 엘프들의 경우 오염되어 다크엘프가 될 수도 있을 것이기 때문이다. 마스터의 경지를 넘어선 이들이라면 정신이 굳건하기에 그런 것에 면역력이 있었다. 엘샤인이 이곳에 있을 수 있는 이유도 상급의 정령을 부리는 정령사이기에 가능한 것이었다.

"상황은 어떻게 되고 있느냐? 나빠지는 것은 아니겠지?"

"저도 잘 모르겠어요. 어머니는 힘을 되찾고 마기를 거의 몰아낸 거 같으니 다행이죠."

"으음……."

엘로운이 느끼기에도 세계수를 오염시키고 있던 마기는 거의 빠져나간 상황이었다. 검게 물들었던 세계수는 원래의 색을 되찾았고 지금은 푸르고 싱그러운 마나를 뿜어내며 마기를 억누르기까지 하고 있었다.

―걱정하지 말거라. 저 인간의 아이는 훌륭하게 싸우고 있으니까.

"아! 그렇군요. 다행입니다."

엘로운은 세계수의 영이 전해오는 의념에 찌푸렸던 인상을 활짝 폈다. 푸른 마나와 검은 마기가 번갈아 가며 이안의 전신에서 뿜어져 나왔다. 그리고 다시 들어가며 합쳐져 가는 광경이 이전과는 다르게 안정되게 보였다. 아마 세계수의 말이 아니었다면 큰 걱정을 하며 그 광경에 마음을 졸였을 것이었다.

"헉! 어떻게 된 거죠?"

"글쎄다. 무슨 조화인지 모르겠구나. 허허!"

엘로운은 이안의 신형이 점점 허공으로 떠오르는 것을 보고 경악했다. 그 어떤 인위적인 힘이 작용하는 것이 아니라 푸른 마나와 마기가 동시에 흘러나와 맹렬하게 회전하면서 일어난 현상이었다.

"저, 저거 합쳐지는 거 맞죠?"

"그런 거 같구나. 어마어마한 힘이 느껴지는구나. 허허! 대단하군, 대단해."

엘로운은 이안의 몸을 타고 흐르며 합쳐진 두 기운이 하나의 새로운 기운으로 탄생하고 있는 모습을 보았다. 어찌 보면 전혀 다른 두 성질의 기운이 합쳐지며 태고의 기운이라고 할 수 있는 카오스의 기운과 비슷하게 변화되어 가는 것이었다.

"저 인간은 도대체 어떻게 되려는 걸까요?"

"글쎄다. 나도 확신할 수 없구나. 하지만 느껴지는 힘만 보자면 이전보다 족히 몇 배는 더 강해질 거라는 건 확실하다."

"와우! 몇 배나 더 강해진다고요? 대단하네요."

처음 자신을 몰아치던 그 능력도 인간들 중에서 최강자라고 해도 무방할 정도의 능력이었다. 그런데 그보다 몇 배나 더 강해진다면 지금은 사라진 드래곤들이나 가지고 있을 법한 능력일 것이었다. 갑자기 두려움을 느낀 엘샤인은 고개를 살살 내저으며 한숨을 내쉬었다.

"우리 엘프들이 아니고 왜 불완전한 인간이 그런 능력을 가지는지 모르겠어요. 하아……."

"그나마 다행인 것은 저 인간이 공의가 무엇인지 아는 인간이라는 점이다. 내가 지금껏 봐왔던 인간 중에서는 가장 정의로운 인간이라는 것도 그렇고."

"그래요? 불행 중 다행이네요."

두 엘프들은 이안이 새로운 힘을 얻는 광경을 보며 앞으로 어떤 인간이 될 것인지 이야기했다. 그러는 와중에도 하나의 힘으로 마나와 마기를 합친 이안의 몸이 서서히 지면으로 내려섰다.

후웅! 스팟!

강렬한 빛이 이안의 몸에서 터져 나왔다. 완벽하게 두 힘을 하나로 합치고 자신의 것으로 만들어낸 이안의 눈이 떠진 것이다.

"후우… 후우우우……."

나직하게 심호흡을 하는 이안은 강렬한 신광을 터뜨리며 눈을 떴다.

"괜찮은가?"

"아… 걱정해 주어 고맙소. 덕분에 마기를 이겨낼 수 있었소."

"다행이오. 정말 다행이야."

마기를 이겨낸 이안의 두 눈에서 맑은 정광이 흘러나왔다. 깊은 호수처럼 그 깊이를 알 수 없는 그 눈빛에 엘로운은 고개를 끄덕이며 마음을 놓을 수 있었다.

'마계의 통로를 막아야겠지? 이대로 놔둔다면 또다시 이런 일이 벌어질 것이니 말이야.'

이안은 마계의 통로를 막을 생각을 하며 엘로운과 엘샤인에게 말했다.

"그나저나 이제 저 구멍을 막아야 할 거 같군."

"방법은 있는가?"

"물론이오. 봉인 마법진을 만들면 되오."

봉인 마법진은 9클래스의 경지를 개척했던 대마법사 레이첼이 남긴 마법진이었다. 이안은 마기를 흡수하며 깨달은 능력으로 그 마법진을 자신이 사용할 수 있다고 확신했다.

"그럼 시작해 봅시다."

이안은 시간이 없다는 것에 서둘러 마계의 통로를 막기 위해 움직였다. 이곳에서의 일도 중요하지만 대수림 전체에서 벌어지고 있는 일들 역시 자신이 해결해야 할 일이었기 때문이었다.

4장

이주

죽음과 유혹의 위기에서 벗어나며 새롭게 깨달음을 얻은 이안은 자신의 몸에 자리한 새로운 힘을 관조했다. 지금까지 수련했던 마나가 아닌, 창세 이전에 존재했던 혼돈의 기운에 가까운 힘이 우렁차게 박동을 일으키며 마나로드를 타고 흐르고 있었다.

'서클이 하나로 합쳐졌군. 하나의 고리로 모든 기운이 녹아들었다. 그런데… 이전의 작은 고리들과는 차원이 다른 힘이 그 안에 깃들어 있어. 헛… 대단한데?'

마나 서클을 회전시키자 7클래스의 마법을 펼칠 때 뭉텅이로 빠져나가던 마나의 양은 비교도 안 될 정도로 거대한 힘이 느껴졌다.

'8클래스의 마법을 펼쳐볼까?'

어느 정도의 성장이 있었는지 알아보려면 지금까지 펼치지 못한 8클래스 이상의 마법을 펼쳐보는 것으로 알 수 있을 것이었다.

'소환 마법이 좋겠군.'

서먼 마법은 다른 존재를 소환하는 마법으로 불특정한 무언가를 끌어오는 마법이 있었다. 하지만 그것은 계약을 맺은 존재에 한하는 것으로 대략 5클래스만 되어도 할 수 있는 하급 마법이었다. 그에 비해 지금 이안이 펼치려고 하는 것은 계약 관계로 묶인 존재가 아닌 특정한 존재를 자신의 앞으로 소환해 오는 마법이었다. 제한이 있다면 그 존재에 대해서 확실한 인지를 하고 있어야 한다는 것과 인과관계가 있어야 한다는 점 정도였다.

"서먼 에일리!"

후웅! 스팟!

이안은 에일리의 이미지를 선명하게 떠올리며 소환 마법을 실행했다. 그러자 8서클에 해당하는 마나가 서클에서 움직이며 곧장 마법진을 만들어냈다.

"으앙! 까, 깜짝이야."

마법진에서 튀어나온 에일리는 갑작스럽게 변해 버린 주위 환경에 깜짝 놀라 경계하는 모습을 보였다. 다크엘프들이 물러가고 전투가 종료된 후 이안을 찾아 주위를 헤매던 중에 갑작스럽게 소환당해 온 상황이었다.

"괜찮아. 내가 마법으로 불렀다."

"아웅! 주이인! 한참 찾았다. 아웅!"

에일리는 깜짝 놀라 심장이 콩닥콩닥 뛰던 것을 금세 잊어버리고 이안의 품에 안겨 얼굴을 비볐다.

"걱정을 많이 했나 보구나. 다 해결됐으니 걱정하지 말거라."

"웅! 우리 주인이 해결할 거라 믿었다. 헤헤!"

에일리는 이안의 얼굴을 올려다보며 신뢰가 가득한 눈빛을 맑게 빛냈다.

"근데 여긴 어디야?"

"세계수의 뿌리란다."

"세계수? 아! 그 큰 나무의 뿌리구나. 엄청 커."

에일리는 세계수의 거대한 뿌리를 보며 놀라워했다. 세상에 이렇게 큰 나무가 있다는 것이 믿어지지 않는다는 표정이었다.

"이제 나는 일을 좀 해야 하니까 조용히 기다려야 한다. 알았지?"

"웅! 나 기다린다."

에일리는 말 잘 듣는 어린아이처럼 초롱초롱한 눈망울로 이안이 일하는 것을 지켜보았다. 그녀의 관심을 한 몸에 받으며 이안은 세계수의 뿌리에 자리 잡은 마계의 통로를 막기 위한 행동에 들어갔다.

'9서클의 경지와 같을까? 서클이 하나로 모여 버리니 어느 정도인지 알 수가 없군.'

서면 마법이 8클래스의 마법인데도 무리 없이, 아니, 서클에 흔적조차 없을 정도로 마나의 소모가 적었다. 그걸 따져보면 9서클의 경지가 아닐까 하는 생각이 들 정도였다.

"마계의 통로를 봉인하는 작업을 시작할 것이니 두 분도 나를 도와줬으면 좋겠소."

"무엇을 도와드리면 되겠소이까?"

엘로운 장로는 멀뚱히 쳐다만 보다가 이안의 말에 냉큼 달려왔다. 이제는 자신이 함부로 쳐다보기도 어려운 기세를 흩뿌리는 터라 행동 자체가 정중하고 신중해져 있었다.

"봉인 마법진을 새기는 거야 나 혼자 해도 되는 문제지만 가장 핵심인 봉인 마법진을 유지할 마나석과 봉인석이 필요하오."

"봉인석은 없소만."

봉인석이라는 것이 있다는 것은 알지만 그저 알기만 할 뿐

실제로 본 적도 없는 물건이었다. 그러니 지금 당장 봉인석을 구해야 한다면 난감하기 짝이 없는 일이었다.

"봉인석은 봉인 마법을 통제하는 역할을 하는 것으로 보통의 마나석이면 어떤 것이라도 좋소. 제어 마법을 새겨 넣으면 되니까 말이요."

"그, 그렇구려. 마나석은 충분히 있으니 곧 가져오도록 하리다."

"바로 준비해 주시오. 나는 그 동안 마법진을 새길 테니까."

이안의 말에 엘로운 장로가 곧바로 밖으로 나갔다. 그가 마나석을 가져올 동안 이안은 아레나의 던전에 새겨져 있던 봉인 마법진을 이곳에도 설치해야 했다.

"모두 물러나시오."

이안은 마계의 통로를 봉인하기 위한 준비를 모두 마쳤다. 하루 종일 이루어진 작업을 통해서 봉인 마법진과 봉인석이 만들어진 것이다. 이제 그 마법진을 깨워서 확실하게 봉인하는 작업만이 남았다.

"깨어나 움직여라. 액티비티!"

후웅! 웅! 웅! 웅! 웅! 웅!

봉인 마법진에 새겨진 수천 개의 룬어들이 제각기 황홀한

빛을 뿜어내며 깨어났다. 마법진을 이루는 회로들이 그 룬어들의 빛을 서로 연결하며 하나의 커다란 봉인구를 만들어냈다. 그리고 그 봉인구는 마계의 통로 위에 안착되며 흘러나오던 마기를 완벽하게 막아냈다.

"오오! 드디어……."

"이제 걱정하지 않아도 되는 건가요?"

엘로운과 엘샤인은 마법진이 통로를 틀어막자 안도하는 표정이 되어 이안에게 물었다. 그들의 물음에 이안은 환한 미소를 지으며 고개만 끄덕거렸다.

"마법 봉인진을 완벽하게 보호할 방법은 여러분이 찾아야 할 것이오. 내가 그것까지 해결할 수는 없으니까."

이안의 말에 두 엘프들은 서로를 바라보다 이내 당연하다는 듯이 고갯짓을 했다.

─그건 내가 해결하도록 하겠다. 물러서거라, 나의 아이들아.

"아! 네, 어머니."

세계수의 영이 하는 말에 두 엘프가 봉인 마법진이 있는 곳에서 멀리 떨어졌다. 그러자 세계수의 뿌리가 움직이며 봉인 마법진 그 자체를 감싸 버렸다. 그 흔적 자체를 아예 덮어 버린 세계수의 행동에 이안은 최고의 해결책이라 생각했다.

'세계수를 죽이기 전까지는 저곳에 봉인 마법진이 있는지

조차 알 수 없겠지. 최고네.'

이제 자신이 해야 할 일은 모두 끝난 셈이니 원래 이곳에 왔던 목적을 해결해야 할 시간이 됐다. 수인족 전사들도 바깥에서 기다리고 있으니 그들과 합류하여 엘프들의 도움을 얻어내야 할 차례였다.

"나갑시다. 할 이야기가 있으니."

"그렇게 하시구려."

엘로운은 이안의 뒤를 따르며 세계수의 뿌리에서 벗어났다. 바깥에는 세계수의 영이 내린 명령을 지키기 위해 수천이 넘는 엘프들이 진을 치고 있었다.

"와아아아아!"

"어머니의 위기를 구한 은인이시다!"

"우레와 같은 함성으로 은인을 맞이하라!"

엘프들은 세계수를 구하고 마계의 통로를 막은 이안을 일족의 은인으로 대우했다. 인간을 배타적으로 대하는 엘프들의 특성을 뛰어넘어 진정으로 대하는 것에 이안도 내심 흐뭇함을 감출 수 없었다.

"어머니의 말씀 때문에 들어가지 못했어요. 푸른 잎사귀 일족의 족장인 엘시아예요."

하이엘프들은 천 년을 넘게 사는 종족적 특성을 가지고 있었다. 덕분에 노화는 죽기 50년을 기점으로 이루어지는데 지금 엘시아의 모습에선 살짝 노화가 일어나고 있었다.

'적어도 900년은 넘게 산 엘프라는 소리군.'

이안은 들은 풍문을 바탕으로 엘시아의 나이를 가늠했다. 전이라면 몰라도 지금은 확실하게 엘시아의 능력을 가늠할 수 있었다.

'8서클의 대마도사라니… 하긴 그 오랜 세월 동안 마법을 익혔을 테니.'

그렇게 따지면 8서클을 이룬 것이 대단해 보이지 않았다. 100년도 못 사는 인간의 몸으로 9클래스의 벽을 허물었던 레이첼을 생각해 보면 말이었다.

'그리고 이제는 나도 그렇게 된 거고… 물론 인연과 기연이 중첩되어서 가능하기는 했지만… 후후!'

목숨을 걸고 마기를 흡수한 덕분에 올라선 것이지만 말 그대로 목숨을 건 투쟁 끝에 얻어낸 경지였다. 그러니 아무리 기연으로 이룬 것이라고 해도 당당하게 자부할 수 있었다.

"환영해 주어 감사합니다. 이안 레이너로 북방의 인간들을 다스리는 사람입니다."

엘프들의 족장이라는 위치는 인간들의 왕이라고 해도 무방했다. 그러니 같은 위치에서 나이로는 따질 수도 없는 그녀에게 말을 놓기가 어려웠다. 자연스럽게 존대를 하며 대우해 주는 모습을 보였다.

"인간들의 왕이시로군요. 그런데 능력을 가늠할 수 없네요. 혹시… 마지막 벽을 넘으신 건가요?"

엘시아는 8클래스인 자신의 능력으로도 파악할 수 없는 이안의 능력에 대해 물었다.

"세계수를 오염시키는 마기를 흡수하면서 새로운 경지에 도달할 수 있었습니다. 운이 좋았죠."

"아… 대단하세요. 정말이지……."

엘시아는 이제 겨우 몇십 년도 살지 않은 이안이 지고한 경지에 도달했다고 하는 것에 정말 놀라고 말았다. 드래곤이 사라진 이후 마지막 벽을 넘어선 존재를 찾아보기 어려웠다. 그런데 자신의 눈으로 그런 존재를 보게 되니 감회가 새로운 것이었다.

"상황이 상황이라 말하기가 어렵지만 일단 급한 용무부터 해결하도록 하지요."

"그러세요. 수인족 전사분들과는 이야기를 대충 나눴어요. 이안 님의 의견은 어떠신가요?"

"제 의견이라면……."

"리만 왕국의 인간들이 대수림을 공격한 것을 말하는 거예요."

"아! 그거라면……."

이안은 엘시아의 물음에 리만 왕국이 대수림을 공격한 것에 대해서 다시 생각해 보았다. 이전까지는 엘프들과 어떤 묵약이 있어서 수인족을 공격한 거라고 생각했었다. 그런데 엘프들은 다크엘프들의 공격을 받고 있었다. 리만 왕국은 그것을 미리 알지 않는 한 그런 작전을 세울 수 없었다.

'다크엘프들을 리만 왕국이 움직였다? 그렇다면……'

생각이 꼬리를 물고 이어졌다. 계속해서 추리를 해나가니 다크엘프들을 리만 왕국과 연결해 준 존재들이 있을 거라는 것까지 이어졌다.

'흑마법사들… 그들이 리만 왕국과 연결된 것이 분명하다. 그렇지 않으면 다크엘프들이 갑자기 나타날 이유가 없으니까.'

리만 왕국이 수인족을 먼저 공격하고 엘프들을 놔둔 이유를 그렇게 결론지었다.

'다크엘프들을 족치면 그 배후가 뭔지 확실하게 알 수 있겠지. 생각은 그렇게 해도 단정을 짓는 것은 안 좋은 거니까.'

이안은 성급한 단정을 짓는 것을 피하고 다크엘프들을 추적할 결심을 굳혔다. 수인족들을 돕는 것은 엘프들에게 맡기고 자신이 그들을 추적할 생각이었다.

"엘프분들께서 수인족들을 도와주셨으면 합니다."

"하지만 저희들은 어둠의 일족을 대비해야 합니다. 언제

다시 어머니를 노리고 공격해 올지 모르니까요."

"다크엘프들은 제가 추적할 생각입니다. 그 다크엘프의 하이 로드를 직접 잡아서 확인할 것이 있거든요."

"그렇게 해주시겠어요? 그럼 저희는 마음 놓고 수인족 분들을 돕도록 할게요."

엘시아는 일족이 전부 달려들어도 이안을 이기지 못한다는 것을 어렴풋이 느끼고 있었다. 그런 존재가 어둠의 일족을 추격한다고 하니 마음이 놓였다. 확실하게 어둠의 일족을 제압해서 다시는 이런 일이 벌어지지 않기를 바라는 마음이었다.

"라비톤 님!"

"하명하십시오, 인간의 왕이시여."

라비톤은 이안에게 극존칭을 쓰며 공대했다. 이전과는 비교도 할 수 없는 힘을 지닌 이안에게 자신도 모르게 굴복한 것이었다. 그것은 수인족의 특성이기에 너무도 자연스럽게 이루어졌다. 강한 존재에게 굴복하여 따르는 것이 그들의 특성이었으니 말이다.

"엘프분들과 함께 후아칸 일족의 영역을 지키기만 하시오. 어둠의 일족을 처리하고 바로 합류할 테니 말이오."

"네, 그렇게 하겠습니다."

"그럼 우리는 어둠의 일족을 추격하러 갈 것이니 뒤를 부탁합니다."

엘시아는 이안의 말에 염려 말라는 대답을 하며 일족에게 손짓했다. 그녀가 빠르게 움직이는 것을 보며 이안은 전날 도주한 다크엘프들을 추격하기 위해 움직였다.

'완전히 도주하지는 않았을 것이다. 마계의 통로를 어떻게든 다시 확보하기 위해서라도 말이지.'

다크엘프들이 주변에 남아서 호시탐탐 세계수를 노리고 있을 거라 확신하며 이안은 기감을 사방으로 퍼뜨렸다. 이전과는 차원이 다른 영역이 이안의 감각 속으로 들어왔다.

'훗! 역시……'

멀리 떨어지지 않은 곳에서 어둠의 기운이 느껴졌다. 세계수에서 남쪽으로 10㎞ 정도 떨어진 곳으로 어둠의 일족과 함께 무수히 많은 인간들의 기운까지 느껴졌다.

'그곳에 가면 확실하게 알 수 있겠군.'

어둠의 일족과 리만 왕국의 관계를 알아내고 사악한 뜻이 그 관계 속에 있다면 확실한 징벌을 내릴 생각이었다. 자신이 새롭게 올라선 능력이라면 들키지 않고도 해낼 수 있다는 자신감에, 이안은 곧 남쪽으로 신형을 날렸다.

'그나저나 이 기운을 감춰야 하는데… 쉽지가 않군.'

갑자기 막대한 힘을 얻었지만 그 힘 덕분에 너무 강한 기세가 밖으로 뿜어지고 있었다. 조금만 마나를 사용해도 폭발하 듯 유동하는 서클 덕분에 강대한 힘이 주위를 잠식할 정도였 다.

'주위의 기운과 동화되어야 한다. 튀지 않게… 자연과 하 나가 되어야 해.'

이안은 다크엘프들이 모여 있는 곳에서 멀지 않은 곳에 자 리 잡고 기운을 온전히 자신의 의지대로 컨트롤할 수 있게 하 기 위해 전력을 기울였다. 자연과 하나가 되는 것, 아니, 마나 와 하나가 되는 것을 깨닫기는 했지만 아직 몸은 이전의 습관 을 따라가고 있는 것을 바로잡으려는 거였다.

'내 안에 깃들어 있는 힘이라지만 자연과 다르지 않다. 이 세상이 가진 힘일진데 어찌 내가 따로 가진 나만의 힘이라 하 겠는가.'

이안은 자신의 서클에 깃든 힘과 이 세상이 가진 힘이 하나 라는 것을 상기하며 동화시키는 명상을 계속해서 이어나갔 다. 그렇게 시간이 지날수록 이안의 전신에서 흘러나오던 기 세는 사그러지고 자연과 하나가 되어갔다.

"후우움! 하아아……."

호흡을 할 때마다 자연스럽게 마나가 흘러 들어왔다가 자 연스럽게 빠져나갔다. 모으려고만 하던 서클의 흉포함이 사 라지고 대자연과 하나가 된 것이었다.

"좋군. 후후!"

아마 지금 상태라면 그 누구도 자신의 존재감을 느낄 수 없을 것이었다. 감각이 월등히 발달한 짐승이라고 해도 그 어떤 기운도 느끼지 못할 것이니 말이다.

'이제 가볼까!'

적들이 대거 몰려 있는 곳으로 부드럽게 신형을 날렸다. 이전의 폭발적인 움직임은 사라지고 물이 흐르듯, 아니, 미풍이 살랑거리며 불듯이 날아갔다.

'기운이 가장 강하게 느껴지는 곳에 그녀가 있겠지.'

다크엘프들은 엘프 부족을 공격하면서 많은 사상자를 냈었다. 그래도 2천이 넘는 인원이 살아남아서 한쪽에 몰려 있었다.

'저곳은 아니고… 인간들 틈에 가장 강한 힘이 느껴지는군.'

이안은 허공에 뜬 채 부유하듯이 떠갔다. 그러나 그 움직임을 그 누구도 알아채지 못했다.

'정말 편하군. 마법 수식을 사용하지 않아도 허공을 부유할 수 있다는 것이.'

마법은 자신의 마나를 이용하여 세계의 힘을 왜곡시키거나 인위적으로 자연현상을 만들어내는 것이었다. 그러나 이안이 새롭게 깨달은 것은 신이 인간에게 준 권능이자 모두가 잃어버리고 있던 언령의 힘이었다. 언령을 잃어버린 인간이 그것을 흉내 내서 만든 마법이 아니기에 그 어떤 흔적도 느낄 수 없었던 것이다.

'저기 있다.'

차양이 쳐져 있는 곳에 다크엘프인 칼라와 그 휘하 다섯이 한쪽에 앉아 있었다. 테이블 맞은편에 앉아 있는 이들은 인간들이었고, 그중 가운데 앉은 이는 검은 로브를 걸치고 있었다.

'흑마법사가 분명하군.'

사악한 기운을 물씬 흘리고 있는 터라 그 누가 보더라도 흑마법사라는 것을 알 수 있을 정도였다. 그자에게서 느껴지는 기운은 지금까지 보았던 그 어떤 흑마법사들보다 강력하게 느껴졌다.

'그런데… 인간이 아닌가?'

인간이라면 누구나 할 수밖에 없는 것이 있었다. 바로 호흡이라는 것으로, 일정 시간 이상이 지나도록 호흡이 없다면 죽음에 이르는 것이 당연하지 않던가. 그런데 검은 로브의 흑마법사에게서는 그 어떤 호흡의 징후도 느껴지지 않았다.

'설마 리치?'

이안은 강력한 힘을 지닌 존재가 리치일지도 모른다는 것에 눈살을 찌푸렸다. 인간의 일에 죽은 자가 관여한다는 것이 공분을 일으킨 것이다.

'어떻게 할까? 더 접근하다가는 아무리 기운을 감춘다고 해도 알아챌 거 같은데 말이지.'

허공에 뜬 채 팔짱을 낀 이안은 볼을 긁적이며 궁리하다 이내 청각을 최대한 끌어 올리며 칼라와 그 일당들이 하는 이야기에 집중했다.

'호오… 바로 옆에서 이야기하는 거 같이 들리는군.'

처음 깨어났을 때 세상의 모든 소음이 귀로 들려왔다. 그 때문에 일부러 청각을 제어해 가며 소리가 들려오는 것을 선택해서 들었다. 그런데 이렇게 먼 거리에서도 원하는 소리를 들을 수 있게 되자 묘한 미소가 이안의 입가에 감돌았다.

"카데인, 그대가 하고자 하는 말이 뭐지?"

뾰족한 칼라의 음성에는 신경질적인 기세가 강하게 묻어 나왔다. 적의까지는 아니더라도 분기탱천했음을 그 음성에서 알 수 있을 정도였다.

"크카카카! 진정해, 진정하라고."

"진정하게 됐어? 언제부터 인간 따위가 우리 어둠의 일족을 무시하는 발언을 할 수 있었지?"

"그 쉬운 일조차 해결하지 못해 놓고 큰소리를 치는 것은 좀 아니다 싶은데 말이야. 안 그래?"

"이익!"

칼라는 이죽거리는 카데인이라는 흑마법사에게 손가락질을 해가며 분노를 표시했다. 자신에 비하면 새까맣게 어린 인간이지만 200년을 넘게 리치로서 살아온 자였다. 리치가 되면서 얻은 8서클의 경지는 자신도 이겨내기 어려웠기에 분통만 터뜨릴 뿐이었다.

"그럼 어떻게 하자고? 일족의 반이나 잃었는데 다시 그곳으로 가라는 거야?"

"그럴 필요는 없다. 일단 마계의 통로가 열렸으니 그것을 막으려면 어지간한 노력으로는 안 될 거거든."

카데인이 노리는 것은 리만 왕국을 자신의 수중에 넣는 것이었다. 그것을 위해서 대수림을 정벌하는 일을 벌였고 대리인이자 꼭두각시인 프란시스 대공을 부추겨 성사시켰다.

"수인족을 먼저 정리하고 난 뒤 엘프를 맨 마지막에 정리한다. 그러니 그대와 일족들은 동쪽 대수림을 정리하는 일을 돕도록 해."

"까득… 알겠다. 그렇게 하지."

칼라는 카데인이 대수림에서 엘프들을 몰아내고 난 다음 그 영역을 자신들에게 주겠다는 것 때문에 동맹을 맺었다. 그리고 카데인이 준 마계의 성물로 만들어진 마법진을 세계수의 뿌리에 심어 통로를 여는 데 성공했다. 그런데 보름에 걸친 싸움 끝에, 결국 이안의 등장으로 쫓겨난 것이 억울할 뿐이었다.

"지금 당장 일족을 이끌고 동쪽으로 가도록. 그곳에 가면 수인족들을 몰아내고 있는 정벌군이 기다리고 있을 것이니."

"알았다. 그렇게 하겠다."

칼라는 카데인의 명령에 따라야 하는 신세가 한탄스러웠지만 일족의 근거지를 위해서 그 굴욕을 참아냈다.

"이번 일이 모두 마무리되면 땅을 내주겠다는 약속은 반드시 지킬 거라 믿겠다. 만약 어긴다면… 말 안 해도 알 거야. 다크엘프들의 복수를."

"클클클! 알지, 알다마다. 크카카카카!"

카데인은 자신이 속한 세력의 원대한 계획을 이룩하기 위해서라면 그 어떤 것도 눈 깜짝 안 하고 해치울 수 있었다. 하물며 하찮게 생각하는 다크엘프들과의 약속이 대수일까, 하는 생각을 했지만 내색은 하지 않았다. 붉은 안광이 더욱 요란하게 빛나며 사이한 기운만 풀풀 풍겨낼 뿐이었다.

'어리석은 것들… 모든 것이 정리되면 내 친히 죽여주마. 크크크!'

카데인은 마계의 성물을 이용해서 세계수를 오염시킬 정도의 통로를 여는 마법진을 만들어냈었다. 아레나의 던전처럼 영구적인 것이 아닌 한시적인 것이었고 세계수의 특성을 이용해서 오염만 시키면 되는 거였다.

'어차피 세계수는 오염되었을 테고… 굳이 진실을 이야기할 필요는 없지.'

다크엘프들에게는 말하지 않은 것이지만 저들은 엘프들이 움직이지 못하도록 만드는 용도였다. 같이 공멸하기를 바랐지만 이렇게 돌아왔으니 또다시 화살받이로 사용하면 그만인 것이다.

'흐음… 다크엘프들이 원하는 것은 자신들이 거주할 근거지였나? 그래서 저 카데인이라는 자와 손을 잡은 것이고?'

이안은 칼라와 다크엘프 일족이 그런 선택을 한 이유를 짐작할 수 있었다.

'어디에서도 환영받지 못하는 자들이니 어쩔 수 없었겠지.'

다크엘프는 보는 즉시 죽인다고 해도 처벌은커녕 칭찬을 받는다. 엘프들도 그렇고 이종족의 대표격인 드워프들도 마찬가지였다. 그러니 세상 어디에도 다크엘프들이 발을 붙일 공간을 찾기 어려웠다.

'저들을 굳이 죽일 필요가 있을까? 강한 힘으로 통제할 수 있다면 그 누구보다 든든한 자들인데 말이야.'

다크엘프의 특성을 생각하면 정말 자신이 원하는 방향으로 이끌어갈 수 있을 것 같았다. 강함을 숭상하고 한 번 굴복하면 영원히 배반하지 않는 특성을 가지고 있으니 말이다.

'한번 생각해 볼 문제군. 저들을 이주시키는 문제 말이지.'

이안은 칼라와 그 일족들이 동쪽으로 이동하는 것을 따라가며 어떻게 해야 할지 계획을 세웠다.

—거침없이 쓸어버려라!

—짓밟아 버려! 이제 대수림은 우리 왕국의 영토다!

라이더들은 흉흉한 기세가 실린 음성을 토해내며 기간트를 움직였다. 100여 대가 넘는 기간트들이 일제히 오와 열을 맞춰서 진격해 나가자 우지끈 소리를 내며 무너지는 수목들이 처절한 비명 소리를 냈다.

"밀리면 안 된다. 절대 막아내야 해!"

"공격하라! 공격!"

"캬우우우우우우!"

수인족 전사들은 밀리면 끝장이라는 비장한 각오로 강철로 만들어진 기간트를 향해 달려들었다. 기다란 발톱에 솟아오른 짧은 오러로 공격했지만 강철에 가는 스크래치만 날 뿐이었다.

—죽어라!

—하하하! 그 정도로 기간트를 어찌 막을까!

부웅! 콰등! 콰드드드등!

기간트들이 휘두르는 팔과 다리에 수인족 전사들이 피떡이 되어 튕겨져 나갔다. 온몸의 뼈가 으스러지는 상처를 입었지만 좀비처럼 다시 일어나 필사적으로 막던 수인족 전사들은 눈에서 피눈물을 흘려야 했다.

"족장님! 저 강철 거인들을 이겨낼 방법이 없습니다. 이대로 가다가는 전멸입니다. 족장!"

"퇴각하십시다. 일단 물러났다가 전열을 정비해서 다시 싸우든가 해야겠습니다."

후아칸은 절망적인 싸움이 이어지는 것에 분루를 속으로 삼키고 있었다. 지금 달려와서 퇴각을 이야기하는 소부족의 족장들을 쳐 죽이고 싶은 마음이었지만 그 또한 해서는 안 될 일이었다.

"라비톤에게서는 아직 연락이 없는가?"

"그것이······."

"하아··· 우리 일족이 이리도 무기력할 줄이야······."

최강의 전투 종족이라 자부하고 살아왔던 지난 삶이었다. 한데 인간들이 만든 강철 거인들은 그런 자부심을 송두리째 짓밟아 버렸다. 그 어떤 공격 기술도 강철 거인들의 두꺼운 중장갑을 뚫지 못했고 의미 없이 휘두르는 손짓으로는 모두가 피떡이 되어 죽어나갔다.

"크윽… 퇴각을……."

퇴각하라는 명령을 내리기가 너무도 수치스러웠다. 싸워서 이기는 것이 아니면 죽는 것을 선택하는 수인족으로서 차마 마지막 말을 하지 못하고 분루를 삼킬 때였다.

"삿된 자들에게 죽음을!"

"대수림의 질서를 깨뜨린 인간들을 공격하라!"

"와아아아아아!"

얼어붙었던 심장이 다시금 요동치게 만드는 소리였다. 그리고 그 소리와 함께 등장한 일단의 무리들이 수인족들을 몰아세우고 있는 강철 거인들을 공격했다.

"정령 마법을 집중하라!"

"화살로는 대미지를 줄 수 없다. 마법을 사용해!"

"아쿠아 캐논!"

"플레임 스트라이크!"

정령 마법과 엘프들의 마법이 한꺼번에 터져 나오며 100여 대의 기간트를 동시에 타격하기 시작했다.

콰앙! 콰콰콰쾅! 화르르륵!

어마어마한 파괴력을 지닌 마법과 정령 마법이 한 기의 기간트에 수십 차례 격중되었다.

─이, 이런… 엘프들이다!

─방패로 막아! 방어 마법을 뚫지는 못한다!

—크아악! 마나회로가 폭발한다! 탈출… 탈출하겠다.

5클래스의 마법까지는 막아낼 수 있는 기간트의 방어 마법진이었다. 하지만 한꺼번에 몰아치는 마법 세례에 무너져 내리기 시작했다.

"뭣들 하는가! 엘프들을 막아! 기사단 출전하라!"

"우오오오! 왕국의 기사들이여, 출전이다!"

기간트의 전투를 뒤에서 구경하던 기사들이 일제히 엘프들을 막기 위해 출전했다. 2천여 명에 달하는 기사들이 맹렬히 돌격해 들어가자 기간트를 타격하던 엘프들은 인원을 나누며 본격적인 싸움에 돌입했다.

"나를 따르라! 지금까지 당했던 울분을 갚아줄 때가 왔노라! 으하하하!"

"캬오오오오오!"

수인족 전사들은 후아칸이 외치는 강렬한 음성에 반응하며 맹렬하게 전장을 가로질렀다. 그들이 노리는 것은 엘프들을 막기 위해 빠져나간 기사들이 있던 곳이었다.

"예비 기간트는 수인족들을 막아라! 어서!"

"기간트 출전! 출전하라!"

엘프들의 난입으로 수인족을 휘몰아치던 리만 왕국의 정벌군은 여유로운 미소를 잃어버렸다. 이제는 모든 전력을 투입하여 필사적으로 싸워야 하는 입장이 되어버렸다.

"카데인 님에게 연락을 취하라. 이대로는 전멸을 당할지도 모르니."

가르시아 백작은 이번 정벌군을 배후에서 조종하는 카데인에게 지원군을 요청할 생각이었다. 엘프들은 움직이지 못한다고 했던 그의 장담이 어그러졌고 이대로는 공멸할 위기에 처했다.

"장군!"

"말하라."

"곧 다크엘프 전사들이 돕기 위해 올 거라 하셨습니다. 조금만 버티면 된답니다."

"그래? 알았다. 으음… 별수 없지."

다크엘프들이 도착할 때까지만 버티면 된다는 말에 가르시아 백작은 흉흉한 눈빛을 빛냈다. 병사들을 희생해서라도 그 시간을 벌 생각이었다.

5장

협상

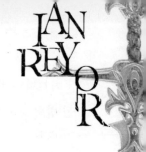

익스퍼트. 기사가 되려면 가장 기본적으로 이루어야 할 성취였다. 검기를 다룰 줄 알아야 하는 익스퍼트는 인간들 중에 0.1%도 안 되는 숫자만이 이룰 수 있는 경지인 것이다. 그러나 엘프들은 그들의 수명만큼 축복을 받아서인지 성년이 될 때 즈음해서는 죄다 그런 경지를 이룬다. 검을 다루지 못할 때는 정령술이나 마법으로 그와 같은 경지에 오르는 것이니 인간이 당해내기 어려운 종족임에는 틀림없었다.

"아무리 대단한 엘프라고 해도… 인해전술에는 당해낼 수 없지. 모든 병력을 투입시켜!"

가르시아 백작은 독하게 일갈을 터뜨렸다. 정벌군에 투입된 병력 모두를 한꺼번에 투입해서 이 상황을 타개할 생각인 것이다.

"전군! 돌격하라! 돌격!"

뿌웅! 뿌웅! 뿌우웅!

돌격을 알리는 뿔고둥 소리가 비명으로 가득한 전장을 뒤흔들었다. 그와 함께 바짝 긴장한 채 대기하고 있던 리만 왕국의 병사들이 일제히 병장기를 그러쥐고 돌격해 나갔다.

"우와아아아! 돌격이다!"

"방패로 막으며 돌격한다. 나를 따르라!"

지휘관들은 엘프들에서 조금이라도 피해를 줄이기 위해 방패를 들라 명했다. 카이트 실드를 든 중장 보병이 제일 선두에서 돌격하고 그 뒤에서 장병기를 든 병사들이 따랐다.

"석궁으로 요격한다. 석궁병은 전진하라!"

장궁으로는 원거리에서 엘프들을 공격하는 것이 어려웠다. 최대 멀리 날아가도 200미터밖에 안 되는 사정거리로는 아군만 잡아먹을 것이었다.

후웅! 콰아앙! 화르르르륵!

"크아아악!"

"사, 살려줘! 으아아!"

석궁병들이 접근하자 엘프 마법사들이 원거리에서 강력한

화염 마법으로 불바다를 만들었다. 기사들과 치열하게 싸우고 있는 엘븐나이트들을 보호하기 위해서 접근하는 병사들을 상대로 무차별 공세를 날려댔다.

"조금만 버텨라! 기간트 부대가 막아줄 것이다! 돌격! 돌격하라!"

가르시아 백작은 한 번에 수천 명의 병사들이 떼죽음을 당했음에도 계속해서 독전하며 돌격을 외쳤다. 병사들의 목숨을 희생시켜서라도 기간트들이 엘프들의 본진을 공격할 시간을 벌려는 것이었다.

"장군! 원군은 언제 오는 겁니까!"

"이대로 가다가는 병력을 모두 개죽음시킬 뿐입니다, 장군!"

지휘관들은 뭉텅이로 죽어나가는 부하들을 보며 피를 토했다. 엘프 궁수들이 날리는 화살은 장궁의 사거리보다 두 배이상 날아오며 병사들을 추풍낙엽처럼 쓰러뜨렸다. 그리고 병사들이 접근하는 만큼 뒤로 물러서 조직적으로 전열을 후퇴시키며 끊임없이 피해를 강요했다.

"버텨! 라이더 놈들은 뭣들 하는 거야. 왜 아직도 돌파하지 못하느냔 말이다!"

가르시아 백작은 기간트 라이더들에게 모든 원망을 돌렸다. 그러나 엘프 정령사들의 조직적인 방해를 뚫고 라이더들이 전장을 관통하지 못하는 것은 그들의 책임이 아니었다.

―빌어먹을!

―함정이다! 빠져나와!

땅의 정령을 이용하여 기간트들이 움직이는 공간마다 빠져드는 함정을 계속해서 만들어냈다. 함정에 빠져 균형을 잃은 기간트는 그대로 마법사들의 집중 공격을 받고 파괴되어 버렸다.

"캬오오오오!"

"복수의 시간이다! 인간들의 심장을 씹어 먹을 시간이란 말이다! 크하하하!"

수인족 전사들까지 합세하여 병사들 사이를 누비자 이제는 전멸이라는 단어를 생각해야 할 시간이 되어버렸다. 5만의 병력과 2천이 넘는 기사들을 동원한 정벌전이 역으로 정벌당하는 최악의 결과로 나타나는 거였다.

"왜 안 오는가… 도대체 왜!"

가르시아 백작은 피를 토하며 원망했다. 그러나 그가 그토록 기다리던 다크엘프들은 그 시각 이안을 만나고 있었다. 아니, 그의 제지를 받아 전진하지 못하고 있었다.

"전속력으로 달려라. 이번 일만 잘 마무리하면 우리 일족의 터전이 생길 것이다."

칼라는 그 누구의 공격도 받지 않고 일족이 힘을 키울 근거지를 원했다. 그래서 리치인 카데인과 손을 잡고 엘프들을 공격했다. 기습 공격으로 세계수를 점거하고 인질극을 벌였지만 실패했으니, 이번에 그것을 만회하여 반드시 자신들의 몫을 얻어낼 생각이었다.

"대모님!"

"말해."

"뭔가 이상합니다. 계속 같은 자리를 맴도는 거 같아서 말입니다."

"같은 자리를 맴돌다니 그게 무슨 말이야?"

칼라는 같은 자리를 맴돈다는 측근의 말에 걸음을 멈추며 주위를 살폈다.

"저 나무를 보십시오. 아까도 분명 저와 같은 나무 사이를 통과했었단 말입니다."

"그러고 보니… 이게 어떻게 된 거지?"

칼라는 계속해서 같은 나무 사이를 통과했다는 것을 떠올렸다. 급하게 가느라 주위를 살피지 못했는데 말을 듣고 보니 확신할 수 있었다.

"설마……."

"마법진에 빠져든 거 같습니다. 그것도 대규모의……."

"대규모 마법진이라면……."

2천여 명에 달하는 다크엘프들이 열을 지어서 달려가는 중이었다. 그러니 그 간격은 족히 수백 미터는 넘을 것이고 그들을 모두 같은 마법진 안에 가두려면 엄청난 환상 마법진이어야 했다.

"8클래스… 그 이상의 마법사가 있다는 거야?"

"분명합니다. 그게 아니라면 말이 되질 않습니다."

"으음… 방어 대형으로 모여!"

"네, 대모!"

다크엘프들은 환상 마법진 안에 자신들이 갇혔다는 것을 깨닫자 급히 대모인 칼라를 중심으로 모여들었다. 그들은 바짝 긴장한 채 바깥쪽을 향해 언제든 공세를 퍼부을 태세를 단단히 했다.

"카르엔!"

"네, 대모님!"

"그대가 마법진을 살펴라. 혹시 파훼할 수 있는지 말이야."

"알겠습니다. 제가 살펴보지요."

카르엔이라는 다크엘프는 7서클의 마법을 익힌 장로였다. 그가 비록 카데인에게는 미치지 못한다고 해도 무시할 수 없는 실력자임에는 분명했다.

"마나 디텍트! 서치 아이!"

후웅! 훙! 훙! 훙! 훙!

카르엔이 펼친 마법이 사방으로 퍼져 나갔다. 그는 다른 이가 펼친 마법진에 반드시 나타나는 마나 왜곡 현상을 잡아내기 위해서 필사적으로 노력했다.

'이, 이상하다… 마나의 왜곡 현상이 없다니… 어떻게 이런 일이 가능한 거지?'

자신들은 분명 계속해서 같은 자리만 맴돌고 있었다. 그것을 가능하게 만들려면 마나의 왜곡, 그러니까 마법으로 자연을 왜곡하는 현상이 반드시 있어야 했다. 그런데 그 어떤 왜곡 현상도 보이지 않았다. 자신보다 높은 서클의 마법이라고 해도 그 현상이 있다는 것 정도는 드러나야 정상이지 않던가.

"대, 대모님!"

"말해."

"제 실력으로도 왜곡 현상을 찾아낼 수 없습니다."

"그게 정말이야? 으음……."

칼라는 7클래스의 마법사인 카르엔의 보고에 침음성을 흘렸다. 만약 그의 말이 사실이라면 자신들은 상상도 할 수 없는 어마어마한 적을 만난 것이었다.

"너! 저 나무 사이로 달려!"

"네? 넵!"

한 다크엘프를 지목하여 달리라고 외치자 그는 정신이 쏙

나간 상태에서 미친 듯이 질주해 나갔다. 그는 분명히 커다란 두 나무 사이로 난 길을 돌파하여 사라져 갔다.

"어… 어어!"

잠시 후 뒤쪽에서 달려갔던 다크엘프의 모습과 함께 경악에 찬 음성이 들려왔다.

"이, 이런… 너! 저쪽으로 달려라! 어서!"

"네, 알겠습니다."

또 다른 일족의 전사가 전혀 다른 방향으로 달리고 동시에 몇몇의 전사들이 각기 다른 방위를 맡아서 미친 듯이 튀어 나갔다.

"미치겠군… 이게 어떻게 된 거란 말인가……."

모두가 달려 나간 반대 방향에서 모습을 드러냈다. 아무리 달려도 일정 거리 이상을 달리면 반대편에서 모습이 나타나는 마법진에 걸린 것이었다.

"기다려 보십시오. 플라이!"

후웅! 파아앗!

카르엔이 플라이 마법으로 공중으로 날아올랐다. 순식간에 100여 미터 이상 치솟아 오른 그는 사방을 살피며 마법진을 파훼할 수 있는 무언가를 찾으려 했다.

후웅! 스스스슷!

"헉! 이, 이런!"

그러나 하늘 높이 치솟았을 때, 그는 갑자기 자신에게 걸었던 마법이 자연적으로 소멸되는 것에 기겁했다. 아무리 대단한 마법사라고 해도 100미터 상공에서 추락해서 살아남을 수는 없으니 말이다.

"이런!"

타탓! 휘릭! 피핏!

직접 떨어져 내리는 카르엔을 공중에서 낚아챈 칼라는 가까스로 지면에 착지할 수 있었다.

"어떻게 된 거야?"

"허억! 허억! 가, 갑자기 마력이 흩어졌습니다."

"마력이 흩어지다니… 다들 마법을 사용해 보도록!"

"블링크!"

"하이드!"

다크엘프들은 칼라의 명령에 급히 마법을 시전했다. 처음 환상 마법진에 걸렸다는 것을 알았을 때만 해도 마법의 사용이 가능했었다.

"아, 안 됩니다."

"마력이 동결된 거 같습니다."

마력이 동결됐다는 말에 칼라는 정신이 아득해졌다. 이 많은 인원의 마법을 동결할 수 있으려면 8서클의 마법사로는 무리였다. 극의에 달한 대마법사만이 그것이 가능했다.

'어, 어떻게… 그 어떤 아인종도 9클래스의 벽을 깨지 못했다고 알고 있거늘…….'

드래곤이 사라진 이래 이 세상에는 9클래스의 벽을 깬 자가 없었다. 칼라가 아는 지난 천 년 간의 역사에 그렇게 기록되어 있었다. 레이첼은 아레나의 던전을 만들고 그 안에서 칩거하다 죽었기에 그렇게 알려진 것이었다.

'호, 혹시… 드래곤이 다시 세상에 등장한 것인가? 서, 설마…….'

칼라는 드래곤이라는 것을 떠올리자 등골이 서늘해졌다. 중간계의 조율자로 신의 선택을 받았던 무소불위의 힘을 소유한 존재였고 여전히 공포의 이름으로 남은 존재였다.

"위, 위대하신 분이십니까? 모습을 보여주십시오."

"헉… 드, 드래곤… 헙!"

다크엘프들은 위대하신 분이라는 말을 듣자 드래곤을 부지불식간에 입에 올렸다. 급히 자신의 손으로 입을 틀어막은 그들은 공포에 질린 눈으로 하늘만 쳐다보았다.

"위대하신 분은 아니니 걱정하지 말라고."

"헛! 네, 네놈은!"

칼라는 공중에 모습을 드러낸 이안을 보고 경악성을 터뜨렸다. 분명 하루 전에 세계수의 뿌리에서 자신과 싸웠던 인간이 분명했다. 그때까지만 해도 대단한 능력을 지녔지만 이 정도는 아니었던 것을 기억했다.

"네놈이 어떻게……."

"세계수를 오염시켰던 마기를 모두 흡수한 덕분이지. 아하! 그렇게 생각하면 너희들의 덕분이기도 하군. 고맙다는 말은 해야겠지?"

이안이 피식거리며 하는 말하자 칼라는 갑자기 끓어오르는 분노에 몸을 떨었다.

"용서하지 않겠다. 모두 저놈을 죽엿!"

"네, 대모!"

다크엘프들은 공중에 떠 있는 이안을 향해 활을 날렸다. 어둠의 일족이라고 해도 엘프는 엘프였는지 다크엘프들의 활솜씨는 인간은 따라잡을 수 없을 정도의 신궁이었다.

"앱솔루트 실드!"

후웅! 지이이이잉!

이안이 절대 방어 마법을 자연스럽게 펼쳤다. 방어 마법이 펼쳐지고 나자 우르르 날아드는 화살들이 실드를 두드렸다. 그러나 가루가 되어 사라진 화살들은 부질없는 공격이라는 것을 증명해 주는 결과물이 되어줄 뿐이었다.

"으득……."

마법은 사용할 수 없어서 오직 활로만 공격이 가능했다. 너무 높은 곳에 있어 뛰어올라 직접 타격을 할 수 없었으니 말이다.

"비겁한 놈! 내려와라! 내려와서 싸우자!"

칼라는 9클래스의 벽을 깬 인간이라는 것을 잊어버린 채 분노에 사로잡혀 고래고래 소리를 질렀다.

"홋! 어리석은 자들 같으니. 헬파이어!"

캐스팅도 하지 않고 오로지 언령으로만 헬파이어 주문을 완성시켰다. 그러자 그의 손짓에 따라 대기 중에 퍼져 있던 엄청난 양의 마나들이 급격히 몰려들었다. 그리고 완성된 헬파이어의 구가 다크엘프들의 머리 위에서 맹렬하게 회전했다.

"헉!"

"머, 멈춰라!"

다크엘프들은 헬파이어 주문이 완성되자 급히 활질을 멈췄다. 이대로 저 파란 화염구가 떨어지면 이 일대는 죽음의 불길에 휩싸이게 될 것이었다. 마력이 동결된 이상 도망갈 수 있는 방법이 없었기에 몰살에 처해질 뿐이었다.

"왜? 더 쏘지 그래?"

이죽거리는 이안의 말에 칼라는 마른침을 꿀꺽 삼켰다. 자신들이 어떤 존재에게 덤볐는지 이제야 상기한 것이었다.

"사, 살려주십시오."

"으으… 대모님……."

칼라가 무릎을 꿇는 것을 본 다크엘프 전사들은 분루를 삼켰다. 저 인간 같지 않은 인간의 손에 자신들의 생사가 달렸다는 것은 나중 문제였다. 대모인 그녀가 굴욕적인 모습을 보인다는 것이 너무도 억울하고 분할 뿐이었다.

"이제 이야기할 자세가 된 거 같군. 나와 협상을 할 텐가?"

"네? 혀, 협상이라니… 아! 하겠습니다. 그 협상!"

칼라는 자신들이 살 수 있는 기회라는 생각에 얼른 협상을 하겠다고 나섰다. 죽는 것보다 사는 것이 최선이었고 저렇게 강한 존재라면 자신들의 운명을 맡겨도 좋을 것이라 판단한 것이었다.

"저희들에게 원하는 것이 무엇입니까?"

머리 위에 헬파이어의 구가 호시탐탐 땅으로 부딪힐 기회를 노리고 있는 상황이었다. 극도로 긴장하고 공손한 모습으로 이안에게 묻는 칼라의 얼굴에는 쉴 새 없이 땀이 흘렀다.

"나는 북쪽 인간들의 왕이다. 땅은 넓은데 일할 사람이 없지."

"그러시면……."

"맞다. 거기에 나는 힘을 가지고 있지. 그 누구도 내 휘하에 든 존재들을 건드릴 수 없는 그럼 힘을 말이야."

"꿀꺽……."

"너희들이 내 휘하에 든다면 그 누구도 너희를 무시하지 않도록 해주마. 그리고 영원토록 너희 일족이 뿌리를 내릴 수 있는 땅을 가질 수 있다."

"오오……."

"뿌리를 내릴 땅이라니……."

다크엘프들은 배척을 받으며 온 세상을 떠돌아야 했다. 뿌리를 내릴 만한 땅을 일구면 인간이든 다른 이종족이 되었든 쳐들어와서 죽이려 들었으니 유목민처럼 떠돌이 생활을 했던 것이다.

"그러나 그런 것이 저절로 주어지지는 않는다. 피와 땀을 흘려야 한다는 것쯤은 너희도 알 것이다. 나의 나라는 주위에 인간들의 거대 제국들로 둘러싸여 있지. 그래서 언제 목숨을 걸고 싸워야 할지 알 수 없다."

"우리는 싸워서 지킬 것이 있다면 싸우는 것을 두려워하지 않습니다. 아니, 싸우다 죽는 것을 영광으로 여길 겁니다."

칼라의 말에 다른 다크엘프들은 모두 고개를 끄덕이며 그 말이 옳다는 것을 내보였다.

"네 말을 들어보니 너와 네 일족들은 내 휘하에 들겠다는 걸로 들린다. 맞느냐?"

"네, 받아만 주신다면… 충성을 다하겠습니다."

칼라는 이안이 가진 강함과 그가 일국의 왕이라는 것에 일족의 운명을 걸기로 했다. 떠돌며 배척받는 삶은 이제 그만하고 싶은 마음이었고 강한 존재에게 기대어 편안한 삶을 살고 싶었다.

"그런데 말이다. 너와 나는 어제까지만 해도 서로를 죽이기 위해 검을 들이댄 사이지 않더냐."

"하, 하지만 그것은… 용서해 주십시오."

"아니, 용서하고 말고의 문제는 아니지. 이건 믿음의 문제니까 말이야."

"아… 어떻게 하면 저희를 믿어주시겠습니까?"

"간단하다. 네가 지금껏 카데인이라는 리치를 위해서 싸운 것을 알고 있다. 그러니 그자와 완전히 손을 끊었다는 것을 보여주어야 하지 않겠느냐?"

이안의 말에 칼라는 카데인을 떠올렸다. 8서클을 이룩한 리치이자 수백 년을 살아 온 존재인 그 역시 무척이나 강력한 존재임에는 확실했다. 그러나 리치라는 존재가 가진 한계는 너무도 명확했고 이안의 강함은 그 한계를 뛰어넘었다. 너무도 쉬운 선택에 칼라는 무릎을 꿇으며 외치듯이 말했다.

"그자를 공격하면 되는 겁니까? 그렇게 해서라도 받아주신다면 당장이라도 달려가서 그자를 공격하겠습니다."

"아아! 쓸모없는 희생을 강요할 만큼 어리석지는 않다. 너희는 이 길로 리만 왕국의 병력들을 제압하도록. 카데인이라는 자는 내가 처리할 것이다."

"아… 명을 따르겠습니다."

칼라가 너무도 쉽게 배신을 하는 것이 마음에 걸렸지만 그 것은 또 그 나름대로 자신에게 자극제가 되어줄 것이었다. 저 들이 배신하지 못하도록 언제나 자신을 갈고닦으며 내실을 공고히 해야 할 것이니 말이다.

"캔슬!"

후웅! 휘류류류류류류류릉!

엄청난 마나의 유동이 일어나며 모여들었던 것들이 사방 으로 흩어져 나갔다.

"흐윽……."

"숨을 쉬기가 어려울 정도라니……."

다크엘프들은 엄청난 마나의 움직임을 몸으로 느끼자 극 도의 두려움을 느꼈다. 마스터만 해도 초인이라 부르지만 그 초인의 단계를 뛰어넘은 자가 자신들의 새로운 주인이 된 것 을 피부로 체감하게 된 순간이었다.

"가자! 너희들만 가면 다른 종족들과 싸우게 될지도 모르 니 이번은 함께 가도록 하지."

"네, 주인님."

"음… 마스터라 불러라. 주인이라는 단어는 어울리지 않으 니까."

"아! 알겠습니다. 마스터!"

칼라는 자신들이 굴복한 이안이 주인이라는 단어를 쓰지 못하게 하자 더 마음이 놓였다. 강력한 힘에 굴복하기는 했지만 자신들을 함부로 하면 어떻게 할까 하는 마음이 속에 내재하고 있었다. 그런데 이렇게 단어 하나에도 세심한 배려를 해주니 그저 고마울 따름이었다.

"장군! 장군!"

가르시아 백작은 병력이 절반 이하로 줄어들고 이제 그 남은 병력도 다시 반으로 줄어드는 것에 절망에 빠져들었다. 더이상은 버틸 수 없다는 생각에 퇴각이라는 말을 목구멍까지 꺼내려고 할 때였다.

"퇴… 무슨 일이냐!"

"서쪽에서 다크엘프들이 접근하고 있습니다. 장군!"

"그래? 흐흐… 죽으라는 법은 없구나. 이제 살았다. 흐흐흐흐!"

실성한 사람처럼 웃던 가르시아 백작은 다크엘프들이 도착하면 그들에게 엘프들을 맡기고 수인족을 먼저 정리하면 되겠다고 생각했다. 마법과 정령으로 무장한 엘프들은 기간트로도 상대하기가 어려웠으니 다크엘프들이 버텨줄 때 상대적으로 수월한 수인족을 제거하려는 거였다.

"이럴 때가 아니지. 내가 마중을 나가야겠다. 그래야 시간을 단축할 수 있을 것이니 말이야. 가자!"

"네, 장군!"

이미 병력은 2만도 채 남지 않은 상황이었으니 한시가 급했다. 잰걸음으로 뛰어가던 가르시아 백작은 울창한 수림을 뚫고 나오는 회색빛의 무수한 인영들을 보고 함박웃음을 머금었다.

"어서 오시오, 어서… 으잉?"

가르시아 백작은 다크엘프들이 일자 대형으로 벌려선 채 멈추지 않고 그대로 돌격해 들어오는 것에 얼굴에서 웃음기가 사라졌다.

"머, 멈추시오. 우리는 적이 아니란 말이다!"

가르시아 백작은 무기를 겨눈 채 날렵하게 움직이는 다크엘프들의 선두에 선 칼라에게 소리쳤다.

"간특한 인간들을 모두 제거하라. 이는 마스터의 명이니라!"

"마스터의 명을 수행하라!"

"모두 쓸어버려라. 공격!"

다크엘프들이 무시무시한 살기를 내뿜으며 가르시아 백작을 지나쳐 그대로 엘프들과 싸우고 있는 병사들에게로 달려들었다.

"이, 이런!"

가르시아 백작은 소수의 호위 기사들의 호위를 받으며 칼라와 대치했다. 그러나 마스터인 칼라의 강력한 능력 앞에 그들의 호위는 그대로 허물어져 갔다.

"모두 죽여주마. 타핫!"

칼라의 독살스러운 환도가 무수한 환영을 만들어내며 호위 기사들을 썰어버렸다. 기사들은 진체와 허상의 구분이 가지 않는 칼라의 사이한 도법을 막아서지 못하고 그대로 반으로 쪼개져 죽어갔다.

"왜… 왜 우리를……."

"나를 원망하지 말라고. 우리 일족은 원래부터 강한 힘을 숭상하니까. 네놈들이 약해서 이렇게 됐을 뿐이야."

"마, 말도 안 되는… 크윽!"

가르시아 백작은 칼라의 말에 분노와 치욕을 동시에 느꼈다. 자신들이 약해서 그렇다는 말은 죽어가는 와중에도 너무나 모멸감을 주는 말이었다.

"내 죽어서도 저주를……."

"지옥에나 떨어지라고!"

칼라는 저주의 말도 채 남기지 못하게 가르시아 백작의 목을 잘라 버렸다. 그림자와 그림자 사이를 누비며 움직이는 칼라의 공격에 수십 명의 기사들은 눈 깜짝할 사이에 쓰러졌다.

'역시 대단하군. 저 그림자를 이용한 공격 기술은……'

자신도 속수무책으로 당했었던 기술이었지만 이제는 얼마든지 상대할 자신이 있었다. 아직 깨달은 것을 자신의 것으로 만들어야 하는 시간이 필요했지만 이전과는 보이는 것 자체가 달라진 것만은 분명했다.

"캬오오오오!"

"승리의 함성을 질러라! 우와아아!"

"승리다. 우리가 승리했다!"

수인족 전사들과 엘프 일족들은 리만 왕국의 정벌군을 모두 쓰러뜨리고 난 후 미친 듯이 포효를 터뜨렸다. 승리에 대한 기쁨과 처절한 전투의 끝에 아직 사라지지 않은 투기가 폭발하며 일대는 온통 광란의 도가니로 변해갔다.

"승리를 축하하오. 후아칸 족장."

"크하하하! 고맙소. 이게 다 그대의 덕분이오."

후아칸은 일족의 많은 전사들을 잃었지만 결국 인간들을 전멸시키고 이겼다는 것에 만족했다. 그리고 다크엘프들을 굴복시켜서 기습을 통해 마지막을 확실하게 매조지한 이안에게 무한한 감사와 호의를 내보였다.

"이안 님!"

승리를 만끽하는 수인족들과는 달리 엘프들은 한쪽에서

여전히 투기를 유지한 채 대기하고 있었다. 엘로운이 달려와 이안에게 뭔가를 따지려고 하는 것도 그것과 연관이 있었다.

"어서 오시오. 엘로운 장로!"

"이게 도대체 어떻게 된 겁니까? 어둠의 일족들이 왜 이안 님을 따르는 겁니까?"

"그렇게 됐소이다. 저들을 내 휘하에 두고 세상에 도움이 되는 쪽으로 이끌 생각이오."

"하지만 저들은 믿을 수 없는 족속들입니다. 어둠에 물들 어 세상을 파괴하려는 자들이란 말입니다."

엘로운은 다크엘프들이 가진 파괴의 본능에 대해서 이안 이 모르고 있다고 생각했다. 그래서인지 침을 튀겨가며 다크 엘프들에 대한 것을 이야기했다.

"알고 있소. 저들이 어둠의 일족이라 불리는 이유가 무엇 인지. 하지만 저들은 강한 힘 앞에서는 절대 복종하는 자들이 라는 것도 알고 있지."

"그건……"

"내가 살아 있는 한, 아니, 내가 저들을 압도할 힘을 유지하 는 한은 그 어떤 자들보다 안전할 거요."

"으음……."

엘로운은 이안이 인간의 틀을 벗어난 존재가 되었으니 그 가 적어도 엘프 정도의 삶을 살게 될 것임을 떠올렸다. 그 정도의 세월이라면 저들을 완벽하게 통제하여 다른 길로 이끌 수도 있을 것이라 판단했다. 본성은 변하지 않는다는 것은 알지만 학습을 통해서 나은 길로 가게 유도하는 것은 가능했으니 말이다.

"모든 책임은 이안 님이 지셔야 합니다. 우리 엘프 일족의 은인이시니 더 이상은 말하지 않겠습니다."

"고맙소. 내 확실하게 약속하지. 저들이 악한 일을 행한다면 그 누구보다 내가 먼저 저들을 이 세상에서 지울 거라는 걸 말이오."

"믿겠습니다. 그 약속!"

엘로운이 물러서자 엘프 일족들도 더 이상은 관심도 없다는 듯이 신경을 꺼버렸다. 조화의 일족답게 세상의 조화를 깨트리지 않는 한 싸울 이유도 없어져 버린 셈이었다.

"다음은 어떻게 할 것이오? 인간들의 왕국을 공격하는 것은 어떻소? 우리 일족이 당한 것을 복수해야 하지 않겠소?"

후아칸은 넌지시 복수를 운운했다. 수인족들의 숫자는 이제 고작해야 7천 정도가 남아 있었지만 엘프들과 다크엘프들까지 더한다면 충분히 리만 왕국에 괴멸적인 복수를 가할 수 있었다.

"그건 곤란하오. 대의적인 관점에서 돕기는 했지만 나는 인간이오. 인간의 영역을 공격하려는 것에 도움을 줄 수는 없소."

"하지만 이 싸움은 인간들이 일으킨 거요. 우리는 복수를 할 명분이 있단 말이오."

"알고 있소. 그러나 그것은 나와는 별개의 문제일 뿐이오. 그리고 복수는 또 다른 복수를 낳게 된다는 것을 명심하시오."

이안은 리만 왕국을 공격하려는 후아칸의 눈에 어린 야망을 읽었다. 리만 왕국을 붕괴시킨다면 대수림을 벗어나 리만 왕국의 영역까지 수인족들의 영역을 키울 속셈인 것이다. 그리고 그것을 바탕으로 수인족들의 왕국을 만들려는 욕망이 그의 눈을 통해서 읽혀졌다.

'기간트를 상대로는 힘도 쓰지 못하는 것이 수인족이다. 절대 이룰 수 없는 꿈을 꾸고 있어.'

엘프들은 정령술과 마법으로 기간트를 상대할 수 있었다. 그러나 수인족은 기간트를 단독으로 상대할 역량이 없었다. 그들은 마법과 정령술을 모르는 전사 일족이기 때문이었다. 그럼에도 저렇게 욕심을 내는 것을 보면 어리석다는 생각이 지배적으로 들었다.

"난 이만 북방의 내 땅으로 돌아가겠소. 그리고 헬카이드 산맥에 새로운 영역을 만들고자 하는 부족이 있다면 따라와도 좋소. 땅은 넓고 할 일은 무궁무진한 기회의 땅이 되어줄 것이오."

이안의 말에 수인족들의 일부는 강한 호기심을 드러냈다. 대수림에서 나고 자란 그들이지만 새로운 땅에서 자리 잡을 수 있다는 것이 엄청난 기회로 다가온 것이었다.

"우리 일족은 이안 님을 따라가겠습니다."

"저희도 가겠습니다."

"받아주십시오. 인간의 왕이시여!"

후아칸 일족이 아닌, 살아남았으나 부족의 터전이 파괴된 자들은 거의 대부분 따라가기를 원했다. 동쪽 대부족들의 틈바구니에 낀 소부족들의 전사들도 뭔가 결정을 한 듯이 따라가겠다는 의사를 표시했다.

'괜찮군. 다크엘프 일족에 수인족 전사들이 천 명이 넘는다니.'

이안은 흐뭇한 미소로 따라가기를 원하는 자들에게 화답했다. 이제 헬카이드 산맥을 확실하게 제압할 특수군을 얻었으니 공국을 그 누구도 넘보지 못할 철옹성으로 만드는 일만 남은 셈이었다.

6장

돈을, 벌자

　다크엘프 일족, 수인족들과 함께 돌아온 이안으로 인해 공국이 발칵 뒤집혔다. 어느 정도는 데리고 올 거라 생각은 했지만 다 합쳐서 6천에 가까운 인원이 몰려 온 탓이었다. 다크엘프 일족 전사 2천에 성년이 되지 못한 아이들까지 3천이었고, 나머지는 수인족이었다. 수인족 역시 비슷한 구성을 보였기에 즉시 가용한 전사들이 4천에 달했다.

　"전하! 당장 필요한 재원도 부족해서 허덕이는 상황입니다. 그런데 저들을 지원할 방법을 찾으라니요. 이건 너무하십니다."

"맞습니다. 식량도 모자라서 올겨울을 나는 것이 어렵습니다. 이대로 가다가는 10%의 백성들이 굶어 죽을 거라는 예측이 나오는 상황입니다."

이안은 보름 만에 돌아오자마자 대신들의 집중 공격을 받고 있었다. 많은 금화를 내놓았지만 그것은 성을 쌓고 기반 시설을 만드는 것에 대부분 소진되는 형편이었다. 다른 나라들이 식량으로 통제를 하려고 하는 탓에 식량 가격도 천정부지로 뛰었다. 거기에다 레이너 공국으로 파는 식량은 가격 담합과 동시에 양도 제한을 두고 있었다.

'리만 왕국에서 가지고 온 식량으로 어느 정도는 숨통이 트일 거라 생각했건만… 하아… 어렵네.'

싸우는 거라면 얼마든지 싸울 수 있었다. 그러나 나라를 개국하고 새롭게 일구는 것은 달라도 너무 달랐다. 하나부터 열까지 일일이 머리를 쥐어짜내야 하는 일의 연속이었다.

"그만! 우선 급한 거부터 해결합시다. 식량은 리만 왕국에서 가지고 온 것으로 얼마나 버틸 수 있겠소?"

"석 달이 한계입니다. 기존에 식량까지 합쳐도 그렇습니다."

"석 달이라……."

석 달 안에 식량을 해결해야 한다는 소리였다. 추운 겨울이 다가오고 있었지만 북부의 땅은 전란으로 인해서 농사를 지을 수 없었다. 소출이 전혀 없다는 소리였고 모든 곡식을 외부에서 수입해 와야 한다는 결론이었다.

'별수 없지. 일단 마법에 모든 것을 걸어야지.'

생각하고 있는 방법은 있었으니 그것을 구체화시키는 것을 지금부터 자신이 해야 했다.

"전하!"

"말하시오, 돌튼 백작."

재무성을 담당하고 있는 돌튼 백작은 성장이 된 이래 10년은 늙어 보였다. 인력 부족에 재원 부족이 더해진 탓에 여기저기서 돈, 돈 하는 말을 듣고 산 덕분이었다.

"재원 부족이 심각합니다. 특별 대책이 필요합니다."

"그 정도로 심각한 것이오?"

"당장 2백만 골드는 있어야 숨통이 트일 거 같습니다만."

"2백만 골드라… 거참……."

초보 왕에 초보 대신들이 사전 준비 없이 맨몸으로 부딪치며 꾸려가는 국정이었다. 엄청난 시행착오를 겪어야 했고 세세한 부분에서 튀어나오는 요구는 머리를 쥐어뜯으며 밤샘 작업을 하게 만들었다.

'지금 당장은 세금을 걸을 수도 없고… 미치겠군.'

세금을 걸을 상황이 아닌 탓에 적어도 2, 3년은 백성들이 정착하고 안정화되기를 기다려야 하는 상황이었다. 여러 가

지로 머리만 복잡해지는 것에 이안은 도망이라도 가고 싶다
는 생각이 불현듯 들었다.

"돈을 벌어야겠군. 그것도 단기간에 많이."

"그래야 할 겁니다. 이대로 가다가는 국가 부도 사태에 직
면하게 될 겁니다."

당장 왕성을 짓고 있는 것부터 중단될 것이고 도로를 만드
는 일도 당연하게 중단될 것이다. 거기에 식량난으로 백성들
이 굶어 죽는 일이 벌어진다면 백성의 이탈도 염두에 두어야
할 총체적인 난국으로 치달을 것이 자명했다.

"샤르딘 백작!"

"하명하십시오, 전하!"

"지금 우리가 외국으로 팔 만한 것이 뭐가 있소?"

"마동포와 샤베른이 전부입니다. 그 외에 마나석 광산과
기타 광산에서 나오는 광물들이 있지만 그것은 죄다 위에 말
씀드린 두 가지 물건을 만드는 것에 투입되고 있는 형편입니
다."

"흐음… 그대라면 무엇을 만들어 팔겠소?"

이안의 물음에 샤르딘 백작은 고민도 없이 바로 입을 열었
다.

"드워프제 무구를 만들어 파는 것이 최선입니다. 지금 아
국에는 드워프 부족이 수천이 넘어갑니다. 그 어떤 나라도 가

지지 못한 장점인데 이것을 살리지 못하는 것이 아쉽습니다."

드워프제 무구의 가격은 부르는 것이 값이라고 할 정도로 엄청났다. 인간 대장장이가 만드는 상급 브로드 소드의 가격이 10골드라면 드워프제 브로드 소드는 100골드를 상회했다. 같은 품질일 경우에 드워프제라는 이유만으로 그런 취급을 받았다. 하물며 최상급 이상의 품질만 만들어내는 드워프제 무구라면 검 한 자루가 수천 골드에 팔리는 형편인 것이다.

"드워프제 무구라… 으음……."

고민이 많았다. 드워프 장인들은 지금도 축성과 광업, 거기에 마병기들을 만드는 일에 전력을 다하고 있는 실정이지 않던가. 그들에게 무구를 만들어달라는 요청을 하는 것이 조금은 껄끄러웠다.

'병기가 다가 아니지… 그 이계인의 기억 속에 있는 그 기계들… 아니, 생활에 필요한 도구들이라고 해야 하나?'

이안의 생각에 여러 가지 도구들이 우선적으로 떠올랐다. 마법을 이용해서 만들어낼 수 있는 물품들 중에 당장 필요로 하는 물건도 있었다.

'마법 난로를 만들어야겠어. 당장에 겨울이 닥쳐오면 백성들이 추위에 얼어 죽을 수도 있으니.'

식량도 문제지만 당장에 겨울을 버텨내려면 필요로 하는

것이 난방이었다. 산에서 나무를 베어다 땔감으로 사용하면 된다지만 그것만으로도 부족했다. 거기에 소위 돈 많은 귀족들의 허영심도 자극할 수 있는 물건을 만들어내면, 백성들의 일자리도 만들고 여러 가지로 최선의 선택이 되어줄 것이었다.

'그리고 비행 원반의 하위 버전으로 이동 수단을 만들면 되겠어. 지면 위를 떠서 다니는 마차 정도가 될까?'

이 시대의 귀족들이 이용하는 마차는 승차감이 무척 안 좋았다. 덜컹거리는 마차를 장시간 타다 보면 멀미가 나서 고생을 하는 귀족들이 태반이었다. 승차감을 아무리 좋게 한다고 해도 도로 사정이 워낙 낙후되어 있으니 좋을 수가 없었던 것이다.

"내가 곧 비싼 값에 팔 수 있는 마법 도구들을 만들어주겠소. 그러니 그때까지만 참도록 하시오."

"네, 전하!"

"다음은 훈트 백작!"

"아직 교육성에는 이렇다 할 업무가 없습니다만."

"교육성에 소속된 마법사들은 이 문자를 익히도록 하시오."

이안이 건넨 것은 한글에 대한 것으로 어린아이라고 해도 익힐 수 있을 정도로 자세하게 적어놓은 것이었다. 그동안 시간을 쪼개서 기술해 놓은 것을 훈트 백작에게 건넸다.

"이것은……."

"내가 만든 문자요. 세상 모든 소리와 단어들을 그 문자로 기록할 수 있지."

"그것이… 가능하다는 겁니까?"

훈트 백작은 깜짝 놀라 책자를 살폈다. 룬 문자만 해도 수천 개가 넘었고 대륙 공용어로 쓰는 할리트 문자는 발음할 수 없는 것이 있어 여러 가지 기호를 덧붙여서 사용해야 했다. 그런데 그것이 가능한 문자라고 하니 놀라는 것도 무리는 아니었다.

"헐… 이럴 수가……."

30개도 안 되는 기호처럼 보이는 문자로 수없이 많은 소리들을 표기할 수 있다는 것을 파악할 수 있었다. 6클래스 마법사의 지적 능력은 가히 초인에 가까운 수준이었고 단번에 표기법을 알아낸 것이었다.

"이건 혁명입니다. 문자의 혁명!"

훈트 백작이 혁명이라는 말까지 해가며 놀라워하자 다른 귀족들은 그 문자가 어떤 것인지 궁금해했다.

"그것을 익혀서 빠른 시간 안에 백성들에게 가르칠 준비를 하시오. 그 문자로 모든 표기를 대체하게 된다면 이 나라는 비약적인 발전을 이룩할 수 있을 것이니."

"그렇겠습니다. 이건 정말이지… 하아… 말이 안 나오는군요. 허허!"

훈트 백작은 이 혁명적인 문자로 이룩해 낼 문명이 어떨지 궁금해졌다. 물론 이 문자에도 문제는 있었다. 그것은 다른 나라들이 이 문자를 사용하지 않는다는 것에 있었다. 대륙 공용어를 사용한다면 이 문자와 함께 이중 표기를 해야 할 것이기 때문이었다.

"회의는 여기까지 합시다. 내가 직접 움직여야 하고 그 시간이 짧으면 짧을수록 문제가 풀리는 속도도 증가할 테니 말이오."

"예, 전하!"

대신들과 모든 귀족들의 인사를 받으며 이안은 바로 시행해야 할 일들을 찾아 움직였다.

"이걸 보십시오."

가논은 냉막한 인상은 사라지고 푸근한 이웃집 할아버지 같은 모습이 되어 있었다. 아직 가족들과 그 제자들을 구하지는 못했지만 이안에게 귀의한 이래 마음이 편안해지면서 나온 결과였다.

"이게 뭐요?"

이안은 가논이 가리킨 커다란 상자 안을 살펴보았다. 직각 형태의 상자에는 검은 흙들이 가득 들어차 있었다.

'뭘 보라는 거지? 흐음… 잠깐……'

이안은 상자 안의 흙들이 검은색을 띨 정도로 비옥한 토양이라는 것에 눈빛을 빛냈다. 그리고 흙들이 미세하게 움직이는 듯한 느낌을 받았다.

"이 안에 벌레들이라도 있는 것이오?"

"하하! 바로 보셨습니다. 제가 만든 키메라가 들어 있습니다."

"키메라?"

"네, 혹시 샌드 웜에 대해서 아십니까?"

"알고 있소. 사막에 산다는 몬스터 아니요."

"그 샌드 웜의 일종인 그레이트 웜의 조직으로 만들어낸 키메라입니다."

"그레이트 웜이라……"

그레이트 웜은 흙을 먹으며 땅을 파서 움직이는 몬스터였다. 먹는 흙은 위장 기관을 그대로 거쳐 배설됐는데 그 양이 엄청났다.

"그레이트 웜은 움직이기 위해서 흙을 먹습니다. 그렇게 집어삼킨 흙은 소화기관을 바로 거쳐서 배설되는데 그때 엄청난 양분을 머금게 됩니다. 바로 이렇게 말입니다."

다른 상자에는 황색의 흙들이 가득했다. 그는 그곳에 작은 키메라들을 뿌렸다. 그러자 그 키메라들은 흙을 먹으며 바로 배설하는 모습을 보였다.

"호오… 이거 정말 대단하군그래."

이안은 황색 토양이 검은 토양으로 변화하는 과정을 눈으로 보게 되자 이 키메라들의 사용처를 대번에 파악할 수 있었다.

"제가 생각하기에 이렇게 토양을 바꿀 수만 있다면 그 어떤 작물을 심더라도 3, 4배는 족히 더 수확할 수 있게 될 겁니다."

"그렇군. 정말 대단하오, 대단해!"

이안은 흑마법사인 가논이 이렇게 대단한 일을 해낼 것이라고는 생각조차 하지 못했다. 흑마법을 떠올리면 파괴와 살육을 떠올리는 것이 전부였던 탓이었다. 그런데 이렇게 이로운 일에 사용할 수 있다는 것을 증명해 보이자 흑마법에 대한 인식이 바뀌는 느낌이었다.

"그런데 안정성은 확보가 된 것이오?"

"키메라이기 때문에 정신 지배 마법으로 통제가 가능합니다. 문제는 키메라 자체의 힘이 강해질 경우 그 통제에서 벗어날 수 있다는 겁니다."

"흐음… 그렇다면 힘이 강해지기 전에 죽도록 만들면 해결되는 거 아닌가?"

"그렇긴 합니다만… 그레이트 웜은 기본적으로 50미터 이상의 크기로 커지는 놈입니다. 수명도 천 년이 넘는 놈이라 그것이 문제입니다."

"문제라면 뭐가 문제라는 것이오?"

"그런 세세한 조절이 불가능하다는 거지요. 에휴……."

키메라를 만드는 것은 더 강하고 뛰어난 존재를 만드는 것에 있었다. 그래서 약한 것은 떼어내고 강한 것을 접목시키는 것이 기본이었다. 이렇게 약하고 수명도 비약적으로 줄여야 하는 것은 가논으로서도 처음 해보는 일이었다.

"불가능한 점을 빼고 가능한 부분만 말해보시오."

"일단 체구가 어느 정도까지 커질지는 모르지만 제가 판단하기에 3미터 이상은 커지지 않게 만들 수 있습니다."

"그리고 또?"

"그레이트 웜은 수십 개의 알을 낳지만 조작을 통해서 수천 개의 알을 낳도록 만들 수 있습니다. 그것까지는 가능합니다."

"문제는 수명에 관한 것과 지배에 관한 부분이로군. 정신 지배는 처음엔 문제가 아니지만 나중이 문제고 말이야."

"그렇습니다, 전하!"

"알겠소. 그 부분은 내가 해결할 테니 가논 경은 이 키메라를 대량으로 생산하도록 하시오."

"알겠습니다. 저 그런데……."

"할 말이 또 있는 거요?"

"그게 제 가족과 제자들은 언제쯤 데려올 수 있을지요?"

"아… 그건 조만간 시간을 내봅시다. 내 직접 구하러 갈 것이니 너무 염려하지 마시오."

"네, 감사합니다. 전하!"

가논은 이안이 직접 구하러 간다고 말하자 마음을 완전하게 놓았다. 이안이 말은 안 했지만 언령을 깨우친 것을 가논을 비롯한 마법사들은 모두 알고 있었다. 그런 강한 존재가 구하러 간다는데 걱정을 할 이유가 없는 것이었다.

"자! 그럼 아이언핸드 님에게 가볼까?"

이안은 가논의 인사를 받으며 연구실을 벗어났다. 오랜만에 온 아레나의 던전이니 만날 사람들과 처리해야 할 일들을 우선적으로 할 생각이었다.

―마스터!

"응? 무슨 일이지?"

―로이건 후작의 전언입니다.

"로이건 후작이? 무슨 내용인데?"

―왕궁으로 아이린 성녀가 왔답니다.

아이린이 왔다는 말에 이안은 조금 의문이 들었다. 성국으로 돌아간 아이린이 왜 머나먼 이곳까지 왔는지가 의문인 것이다.

'뭐지? 도대체 왜?'

의문 부호를 얼굴 가득 드러낸 이안은 일단 아이린을 만나야 한다고 느꼈다. 성녀씩이나 되는 인물이 절대 가벼운 이유로 찾아오지는 않았을 것이니 말이다.

"오랜만이에요, 전하!"

아이린은 순백의 로브만 걸쳤음에도 눈이 부시게 만들 정도의 아름다움을 자랑했다. 그녀의 모습을 보며 대신들과 귀족들은 시선을 떼지 못하고 넋을 놓고 있었다.

"흠흠! 어서 오시오. 그래, 그 먼 곳에서 어인 일로 방문을 한 것이오?"

이안은 아이린과 그 동생이자 성녀의 호위 성기사단장인 이블린을 보며 방문한 이유를 물었다. 그러자 아이린은 손짓하여 뒤쪽에 있던 상자들을 앞으로 가져오게 했다.

"이건 로아 여신을 모시는 저희 신전의 선물이에요."

"선물이라니 고맙게 받겠소."

성기사들이 상자를 열자 그 안에는 이안이 처음으로 보는 것들이 가득 들어 있었다. 채소 같은 것들이었는데 작은 알갱이들이 무수하게 달려 있었다.

"그런데 이게 무엇이오?"

"카론이라는 농작물이에요. 성장 기간이 짧고 척박한 토양에서도 잘 자라는 식물이죠. 맛도 괜찮고 영양도 나쁘지 않아요."

"그렇군."

카론이라는 농작물에 대해서 듣던 이안은 카론이 이계인의 기억 속에서 보았던 것과 유사하다는 것을 깨달았다.

'꼭 구하고자 했던 구황작물 중에 하나다. 포름과 이 카론 열매를 대량 재배할 수 있다면 굳이 밀이 아니더라도 굶어 죽는 이는 없어질 것이다.'

이안은 아이린에게 큰 선물을 받았다는 것을 느꼈다. 식량난을 타개하기 위해서 반드시 필요한 것을 받은 셈이니 말이었다.

"로아의 신전에서는 새롭게 개국한 레이너 공국에 로아의 신전을 건립하기를 원해요. 국교로 삼아주신다면 더 좋겠지만… 그건 어렵겠죠?"

로아의 신전은 로하스의 하위 신을 모시는 신전이기에 국교로 정하는 곳이 없었다.

"흐음… 국교라……."

로하스의 신전을 워낙 안 좋게 인식하고 있는 이안이기에 나쁘지 않다는 생각이 들었다. 결정적으로 로아의 신전 사제들은 농사에 도움을 주는 축성 의식을 베풀 수 있었다. 땅을 풍요롭게 만드는 축성 의식은 소출을 늘려주는 의식이었다.

"그건 허락하도록 하지. 단! 지금은 나라에 돈이 모자라서 간이 신전밖에는 만들어줄 수 없소. 그건 알고 있어야 할 거요."

"물론이에요. 이제 시작한 나라인데 그 정도는 감안을 해야죠. 염려하지 마세요."

"그렇다면 신전을 세울 곳을 말해주시오. 개발 계획에 어긋나지 않는 땅이라면 내어주도록 하리다."

"네, 직접 돌아보고 신전 세울 곳을 알아보고 싶네요. 안내를 해주시겠죠?"

"물론. 제니스 자작이 직접 안내를 해줄 것이오."

"감사해요, 전하."

아이린은 이안이 근위 기사단장이 된 제니스를 안내자로 붙여준다고 하자 화사하게 미소 지었다.

"그럼 여기까지가 공식적인 대화일 것이고 이렇게 직접 온 이유가 뭐요?"

이안의 직접적인 질문에 아이린은 묘한 눈빛을 보이며 고개를 살짝 가로저었다. 아마도 많은 사람이 모인 곳에서는 이야기를 할 수 없는 그런 내용인 모양이었다.

"흠… 사적으로도 아는 사이인 성녀에게 내, 차를 한잔 대접하고 싶은데 괜찮겠소? 아! 이블린 단장도 함께해도 좋소."

"저야 영광이죠. 감사해요, 전하."

"후후! 그럼 바로 갑시다. 할 이야기가 많은 듯하니."

이안이 대전에서 바로 나서자 제니스 단장이 두 사람을 안내하여 차를 마실 곳으로 이동했다. 몇몇 사람들은 이안을 따라 티타임을 갖는 곳에 가고자 했으나 단호한 거절에 입맛을 다시며 물러나야 했다.

"이제 이유를 말해주시겠소?"

"어색해요."

"뭐가 말이오?"

"그 말투요. 점잖아 보이기는 하지만 뭔가 안 어울린다고 할까요?"

"하하하! 나도 이렇게 말하는 것이 익숙하지는 않지. 하지만 어쩌겠소. 왕이 되었으니 이렇게 이야기해야 한다고 하는데 말이야."

"예전이 그립네요. 그때는 참 다정하게 들렸는데⋯⋯."

이안은 말없이 살짝 삐친 듯한 아이린의 표정을 미소 지으며 쳐다볼 뿐이었다. 성스러운 아름다움을 지닌 그녀가 마치 애인처럼 구는 것을 싫어할 이유가 없었다.

"따로 할 이야기가 있지 않았소?"

"맞아요. 따로 드릴 이야기가 있어요."

찻잔을 내려놓는 아이린의 얼굴에서 표정이 사라졌다. 조금은 싸늘해 보이기까지 하는 그녀의 행동에 이안도 조금은 자세를 달리했다.

"신탁을 받았어요."

"신탁? 그 신탁하고 나와 관계가 있는 거요?"

"네. 그리고 이안 님께서 얻은 그 기운과도 관계가 있고요."

"내 기운이라… 흐음……."

이안은 자신이 얻은 기운이 마나와 마기, 두 어울리지 않는 기운이 합쳐져서 만들어진 것임을 누구에게도 말하지 않았다. 그런데 아이린은 그 기운이 어떤 것인지 알고 있다는 듯한 눈치였다.

"지금 이 세상에는 어울리지 않는 기운이 느껴지네요. 혼돈의 기운이 말이에요."

"혼돈의 기운? 그렇게 부를 수도 있겠군."

"마나도 아니고 마기도 아니지만 그 두 가지로 모두 사용할 수 있으니까요. 그렇지 않나요?"

"후후후! 나에 대해 너무 잘 알고 있는 것이 아닌가 싶군."

"지금부터 제가 하는 이야기를 잘 들으세요. 그리고 그 누구에게도 이야기해서는 안 되는 것도 명심하시고요."

"그럽시다."

이안은 그녀가 의자를 바짝 당겨 앉으며 심각한 표정으로 하는 말에 귀를 기울였다.

"드래곤이 모두 사라진 이유를 아시나요?"

"의견이야 분분하지만 신의 징벌을 받아서 그렇다는 설이 유력하다는 것 정도는 알고 있소."

"맞아요. 신의 징벌을 받아 모두 봉인되었어요. 중요한 것은 그 이유에 있죠."

"드래곤들의 오만함이야 인간들의 역사에 기록된 것들이 많지. 그 오만 때문에 그렇다고들 하던데."

"그건 틀려요. 오만함 때문에 그런 것은 아니에요. 당신이 얻은 그 혼돈의 기운 때문이에요."

"혼돈의 기운? 이 기운이 왜?"

혼돈의 기운 때문에 드래곤이 봉인된 거라면 자신도 그렇게 되지 말라는 법은 없었다.

"너무도 강한 힘이기 때문에 그 혼돈의 기운을 얻은 드래곤은 스스로 신이 되고자 했죠. 신에 준하는 힘을 얻었지만 그것만으로는 신계의 천신들을 상대할 수 없었어요. 그래서 같은 일족들에게 그 혼돈의 기운을 얻는 방법을 전해주고 신들에게 대항하려고 했죠."

"흐음… 신이라……."

"천신들은 드래곤들의 반란에 분노했고 그들을 모두 봉인해 버렸어요. 그 결과로 지금 드래곤이 이 세상에 없는 거고요."

"거기까지는 이해를 했소. 그런데 그 말을 하는 이유가 뭐요? 나도 드래곤들처럼 신에 대항하기라도 할 것이다, 라는 거요?"

이안은 신에 대항하고 싶은 생각이 추호도 없었다. 물론 지금의 능력이라면 제국이라고 해도 홀로 쳐들어가서 깽판을 칠 능력이 충분했다. 물론 그렇게 된다면 이 세상을 정벌하기 전까지 끝없는 싸움을 해야 할 테지만 말이었다.

"그게 아니에요. 드래곤이 모두 봉인된 것이 아니라는 말이에요."

"그럼 남은 드래곤이 있다는 건가?"

"신들에 의해서 드래곤들이 봉인되기 전에, 그들은 만약의 사태에 대비했죠. 헤츨링을 낳고 신들도 찾지 못할 공간에 숨겨둔 거예요."

"헤츨링이라면……."

"드래곤의 새끼죠. 혼돈의 기운을 얻은 드래곤들은 창조의 힘까지 어느 정도 쓸 수 있을 정도였거든요. 그 창조의 힘으로 전혀 새로운 공간을 만들고 그 안에 헤츨링을 숨겨둔 거죠. 그리고 모든 마법적 안배를 통해서 헤츨링이 힘을 얻을 수 있도록 했고요."

"그 헤슬링이 이제는 성룡이 된 거겠군."

성룡이 된 드래곤은 혼돈의 힘으로 신에 준하는 능력을 얻었을 것이었다. 그런 드래곤이 하려고 하는 것은 당연 자신의 부모와 일족들을 구하는 일일 터였다.

"그 드래곤은 신도 찾을 수 없는 공간에 숨은 채 나오지 않아요. 나오는 순간 그 역시 신들의 추적을 받을 것을 아는 거죠."

"그렇겠군. 신들도 바보가 아닌 이상 자신들의 권좌를 위협하는 존재를 살려두지 않을 테니까."

"그런 이유는 아니지만 비슷해요. 그래서 그 드래곤은 자신을 대신해서 이 세상을 혼돈으로 몰아갈 대리자들을 세상에 내보냈죠. 그들이 하려는 일은 마계를 이 땅에 강림시키려는 거고요. 400년 전에 그 대리자가 처음으로 등장해서 마계의 문을 열었다고 해요. 무슨 이유에서인지는 몰라도 그 마계의 문은 바로 봉인됐고요."

"400년 전이라면… 아! 그런 일이 있었군그래."

이안은 아레나의 던전이 봉인하고 있는 마계의 문이 어떻게 해서 열린 것인지 이제야 알 수 있었다. 그런데 이상한 것은 400년 전에 그 마계의 문을 열었던 존재는 레이첼과 영웅들에 의해서 제거됐다고 해도 그사이 너무 오랜 공백이 존재한다는 것이었다.

"100년을 주기로 이상한 흔적이 남았고 그것을 신들께서도 예의 주시하고 있었답니다. 아마도 드래곤이 숨어 있는 공간은 100년마다 열리는 걸로 추측할 뿐이에요."

"그렇군… 100년을 주기로 열린다라……."

이안은 그 말을 듣고 의심을 해보았다. 이 중간계를 어지럽힐 드래곤의 대리자가 무언가를 꾸민다면 무엇을 할 것인지에 대해서였다.

"로크 제국… 제국이 일어난 시기가 300년이 지났어."

"맞아요. 저희 교단에서도 로크 제국을 의심하고 있어요. 로하스 신전을 장악한 것이 로크 제국이거든요. 안쪽에서부터 타락시켜서 로하스의 신전이 제 역할을 하지 못하도록 만들었죠."

"으음……."

로크 제국이 그 대리자가 세운 나라라면 지난 300년의 시간 동안 이 세상을 피로 물들일 준비를 차근차근 했을 것이었다. 드러내고 일을 벌이지는 못했다고 해도 그 힘은 어마어마한 수준일 것이 분명했다.

"그 대리자라는 존재가 어떤 자일지 알고 있나?"

"알 수 없어요. 다만 살아 있는 존재는 아닐 거예요."

"살아 있는 존재가 아니라… 그놈을 반드시 잡았어야 했는데 아쉽군."

"그놈을 잡다니요?"

"리만 왕국에서 리치를 발견했었지. 8서클의 리치였는데 내가 접근하자 바로 도망쳐 버렸소. 다크엘프들을 회유하느라 힘을 조금 과하게 썼는데 그 힘의 유동을 느끼고 도망간 거 같더군."

"아쉽네요. 리치였다면 그자가 대리자와 연결된 끈일 수도 있는데 말이에요."

"다음에 또 볼 일이 있겠지."

"그렇겠죠. 그런데 로크 제국이 그 대리자가 암중에서 지배하는 나라라면 어떻게 하실 생각이세요? 지금까지 로크는 대륙 최강국인데요."

로크의 힘은 체이스와 락토르, 그리고 리만 왕국이 힘을 합친다고 해도 동수를 이룰 수 있을 정도였다. 아마 이긴다고 해도 어렵게 이길 정도의 힘을 지닌 나라였다. 예전 로크가 4.5 정도의 힘을 가졌다면 체이스가 2.5고 락토르가 1.5에, 리만 왕국이 1.5의 힘을 소유했다고 보면 맞았다.

"마법으로 승부를 봐야지. 인구와 국력이 모자란 것을 대체할 마법 병기 말이야."

이안의 말에 아이린은 기간트 같은 무기들을 이야기하는 거라 생각했다. 지금까지도 그랬지만 앞으로는 더더욱 마법 병기의 힘이 전쟁을 좌우할 것이었다.

"아 참! 그 전에 나를 좀 도와줄 수 있겠소?"

"도움이요? 뭔데요?"

"리만 왕국에서 포름이라는 뿌리 식물을 가지고 왔는데 그것을 대량으로 증식시키는 작업을 해야 하오. 마법으로 빠르게 성장시킬 생각인데 아무래도 성녀의 축성이 있으면 부작용 없이 해낼 수 있을 거 같아서 말이오."

"아아! 그런 거라면 얼마든지요. 가요."

"그럽시다."

이안은 우선적으로 식량 문제를 해결하기 위해 전력을 다할 생각이었다. 그런 다음에 무엇을 해도 할 수 있을 거 같았기 때문이었다.

"엇!"

"호호! 같이 가요."

이안은 과감하게 팔짱을 끼는 아이린의 행동에 적잖이 놀랐다. 대지의 여신인 로아를 모시는 성녀가 이렇게 행동을 해도 되는 것인지 의문이었다.

"로아의 종들은 결혼을 해도 된다고요. 아니, 오히려 권장하는 일이에요. 뛰어난 배우자를 만나서 대를 이어 로아를 영광스럽게 할 2세를 갖는 일 말이죠."

"그, 그렇소? 허……."

이안은 로아의 교단이 그런 교리를 가지고 있는지 몰랐었다. 종교에 대해서 배우기는 했지만 관심이 전혀 없었기에 스치듯이 흘려 버린 것이었다.

"아웅! 주인의 팔은 내 거다. 비켜라!"

갑자기 나타난 에일리가 이안의 팔짱을 끼고 있는 아이린에게 적의를 드러냈다. 에일리는 표정 관리도 못한 채로 아이린을 떼어내며 냉큼 그 자리를 자신이 차지했다.

"후후! 우리 에일리는 행동이 참 빨라."

"히이! 주인의 옆자리는 에일리 거다. 누구에게도 안 뺏긴다. 크릉!"

에일리는 일부러 아이린이 보라는 듯이 커다란 가슴으로 이안의 팔을 끌어안았다. 뭉클한 느낌을 팔 전체로 느끼며 이안은 고개를 살살 내저을 뿐이었다.

7장

농업의 혁명

포름의 열매는 덩어리에 여러 개의 씨눈이 달려 있었다. 그 씨눈이 자라나는 것이라 한 덩어리를 최소 다섯 조각으로 나눠서 심으면 적당했다. 농사를 지어본 적 없는 이안은 그런 이야기를 오랜 세월 농사를 지은 농부의 조언을 받아 시작했다.

"밭작물은 먼저 땅을 뒤집어서 고른 다음 도톰하게 고랑을 만드셔야 합니다요."

나이가 지긋한 촌로는 왕인 이안에게 떨리는 목소리로 농사에 관한 것을 조언했다.

"땅을 뒤집는다라… 잠시만 기다리게."

땅을 뒤집는 것을 하려 하자 뒤에서 대기하고 있던 제니스와 근위기사들이 헉, 소리를 내며 달려왔다.

"전하! 이런 일은 저희들이 하겠습니다."

"전하께서는 말씀만 하십시오. 뭣들 하는가! 땅을 뒤집지 않고!"

제니스가 버럭 소리를 지르자 30여 명의 근위기사들은 갑옷을 걸친 채 그대로 밭으로 뛰어들었다. 예리한 병장기는 그대로 밭을 가는 쟁기가 되어 땅을 뒤집는 도구가 되어주었다.

"으다다다다다! 비켜!"

파팍! 파드드드드득!

양손 대검을 든 기사 하나가 넓은 대검의 면으로 땅을 뒤집으며 그대로 달려 나갔다. 그러자 대번에 땅이 파여 나가며 한창 걸려야 할 땅 뒤집기가 순식간에 이루어졌다.

"저 정도면 충분합니다, 전하."

"그래? 그럼 이것들을 심어야겠군."

"그것은 저희들이 하겠사옵니다. 그러니 저희들에게 주시옵소서."

"그럼 부탁하네."

이안은 농부들이 송구스러워하는 모습에 포름을 조각낸

것들을 나눠주었다. 100여 개의 포름을 쪼갠 것이라 제법 양이 많았지만 농부들은 익숙하게 땅에 심고 그 위에 물을 뿌리는 것으로 마무리했다.

"모두 물러서라. 저쪽 경계선 밖으로 나가야 한다."

"네, 전하!"

이안이 농작물을 마법으로 키우려고 한다는 것을 아는 기사들은 농부들과 따라온 귀족들을 경계선 밖으로 밀어냈다.

"제니스 단장, 준비하게."

"시작하십시오. 준비는 이미 마쳤습니다."

"그래? 그럼 시작하지."

이안은 연병장 크기만 한 밭을 향해 혼돈의 기운을 뿜어냈다. 그리고 시작된 마법은 시간을 빠르게 흐르도록 만드는 9클래스의 주문이었다.

"타임 패스트!"

후웅! 우우우우우우웅!

엄청난 마나가 공명을 일으키며 밭을 휘감았다. 흐릿하게 변한 밭에서 갑자기 무수한 마나가 아지랑이 같은 것을 만들어내더니 무섭게 흐르기 시작했다.

"엇! 저, 저것 좀 봐."

"헉! 어, 엄청나다."

귀족들은 시간이 빠르게 흐르는 주문이 걸린 밭을 보고 경악성을 터뜨렸다. 갑자기 싹이 움트더니 이내 줄기가 자리고 잎이 무성해졌다.

"물을 뿌려라! 어서!"

"예! 시작하라!"

시간을 빠르게 흐르도록 했어도 기본적으로 땅의 지력을 빨아들여서 성장하는 것이었다. 그러니 땅에 수분이 빠르게 말라갔고 금세 이파리가 시들려 했다. 그때 기사들이 바가지로 물을 뿌려대며 부족한 것을 채워주었다.

"계속해서 뿌려라. 어서!"

"힘들 내라고. 으라찻!"

이안은 타임 패스트 마법을 지속시키는 것이 어마어마한 마력을 소모하는 것임을 실감했다. 처음으로 해보는 것이기에 그 발현을 위해 어느 정도 마력이 소모되는 것인지 몰랐었다.

'고작 10여 분 마력을 쏟았을 뿐인데 거의 바닥을 드러내다니… 엄청난 마력이 소모되는 마법이구나.'

신이 세운 법칙을 거스르는 마법이니 그 인과의 법칙으로 인해서 산맥 하나를 초토화시킬 정도의 마력이 들어가는 것이었다.

"캔슬! 후우… 후우우……."

격하게 호흡을 고르는 이안은 15분 정도의 시간을 흘렀을 뿐임에도 거의 녹초가 되어 있었다.

"수확을 하도록 하라."

"예? 예예!"

농부들은 엄청난 광경에 넋이 빠져 있었다. 그러다 이안이 하는 명령에 화들짝 놀라며 포름을 수확하기 위해서 밭으로 달려갔다.

"조심해서 캐야 한다. 뿌리 열매가 다치지 않도록 해야 해. 명심하라."

"네! 염려 마십시오, 전하!"

농부들은 놀라움에 덜덜 떨리는 손으로 포름의 뿌리를 수확했다. 거의 주먹만 한 크기의 포름 뿌리들이 속속 모습을 드러내고 밭은 온통 그것들로 가득 찼다.

"어, 엄청납니다요."

"내 눈에도 그래 보이는구나. 좀 더 수고해 주거라."

포름 열매는 족히 만여 개에 달할 정도로 풍성한 수확을 거둘 수 있었다.

'포름의 씨눈 하나로 스무 배가 넘는 소출을 거둘 수 있다는 건데. 하루 두 번 이 짓을 한다고 치고… 열흘은 족히 매달려야겠군. 거참……'

열흘 동안 타임 패스트 마법을 걸어 포름을 빠르게 수확하는 일을 행해야 했다. 그래야 전 국민들이 배불리 먹을 수 있을 정도의 씨포름을 얻을 수 있을 것이었다.

"모두 수확한 것을 거둬들여라. 어서!"

"네, 전하!"

농부들은 커다란 광주리에 포름을 담아서 빠져나왔다. 폐허처럼 되어버린 밭은 포름을 심기 이전과는 확연하게 다른 변화를 보였다. 푸석푸석해진 것이 영양분이 모두 빠져나간 게 눈에 띄었다.

"가논!"

"준비하고 있었습니다."

"바로 시행하게."

"명을 받듭니다."

가논은 황무지가 되어버린 밭에 자신이 직접 만든 키메라 웜을 뿌렸다. 천여 마리가 넘는 키메라 웜은 성인 남자의 팔뚝만 한 크기였는데 그것들을 보는 사람들은 눈살을 찌푸리며 고개를 돌렸다.

"전하! 저것들은 무엇입니까? 벌레 같아 보이기는 합니다만."

가논과 접점이 없는 귀족들은 그가 무엇을 하는 사람인지조차 모르고 있었다. 그러니 그가 마법사들을 지휘하여 키메라 웜을 뿌려대는 것에 의문을 가졌다.

"마법으로 만들어낸 키메라다. 키메라 웜이라고 하는데 저

것들은 흙을 먹고 그것을 바로 배설하는 임무를 띠고 있지."

"먹고 바로 배설한다는 겁니까?"

"두고 보면 알게 된다. 그러니 잠자코 지켜보도록!"

"아, 알겠습니다."

사람들은 이안이 하는 말에 뒤로 물러서서 밭에 일어나는 변화를 잠자코 지켜보았다. 키메라 웜들이 미친 듯이 흙을 집어삼켰다가 배설하는 일이 반복적으로 이루어졌다. 지면 바로 위에서 시작된 그 작업은 땅속으로 파고들어 갔고, 땅이 꿈틀거리는 것이 계속해서 이어지고 있다는 것을 알 수 있었다.

'이런… 키메라 웜이 급격히 체구를 불리고 있군.'

키메라 웜은 지면에 녹아 있는 마나를 빨아먹으며 체구를 불리는 중이었다. 어차피 빨려 버린 마나는 대기에 퍼져 있는 마나로 다시 대체되어 채워졌다.

"오오! 땅이 다시 지기를 되찾았다."

"그, 그러게. 황토가 흑토로 변했네."

사람들은 키메라 웜이 만들어내는 광경에 또다시 놀라고 말았다. 이안의 마법에 이은 키메라 웜의 기적은 그네들의 심장을 두근거리게 만들기 충분했다.

"이렇게 되면 어떻게 되는 거지?"

"뭐가 말이야?"

"저 키메라 웜이 있으면 휴경지를 두지 않아도 된다는 거 잖아. 그렇지?"

"아! 생각해 보니 그러네."

"우리 농부들에게는 엄청난 희소식일세그려."

"역시 우리 공왕님은 대단하신 분이야. 우리 촌무지렁이들을 먹여 살리려고 저런 것들을 다 만드시고 말이지."

농부들은 이안이 행하는 기적들에 진심으로 감사하며 머리를 숙였다. 그들의 감사에 이안은 아는 척은 하지 않았지만 내심 기분이 좋았다.

포름의 종자를 보급하는 일은 열흘의 시간 동안 마력 고갈을 매일 경험한 이안의 노력으로 이루어졌다. 땅은 넓고 사람이 적은 레이너 공국의 특성상 황무지로 놀고 있는 땅에 본격적으로 포름이 심어졌다. 제대로 수확을 거둘 수 있게 된다면 포름을 수확할 때 즈음에는 식량난을 자체적으로 해결할 수 있게 될 것이었다.

"정말 정신없이 바쁘군… 이제 해야 할 것은 비행 원반을 이용한 이동 수단을 만드는 것인가?"

틈틈이 마나석을 이용한 난방기의 초기 모델은 완성이 된 상태였다. 사람 몸체만 한 난방기는 3단계로 온도를 조절할 수 있도록 만들어졌다. 최고로 올리면 넓은 방 안을 후끈하게 만들 정도의 열기를 뿜어내도록 설계되었다. 안정성 면에도 신경을 많이 써서 넘어지거나 설정된 온도를 넘어가면 저절로 꺼지도록 하는 세심한 배려도 잊지 않았다.

"이번에는 어떤 물건으로 나를 기쁘게 해줄 생각인가?"

아이언핸드는 난방기를 만든 이안으로 인해 며칠 신이 나서 일을 했었다. 왕궁을 만들기 위해 바쁜 일족의 장인들 때문에 난방기를 만드는 일은 우선적으로 자신과 여성 드워프들이 맡아야 했다. 고급스럽게 만들기 위해서 상감기법을 발휘하여 금입사로 만든 난방기는 예술품을 보는 것 같은, 퀄리티가 높은 작품으로 탄생했다.

"이번에는 공중을 떠서 이동하는 마차를 만들 생각입니다."

"공중을 떠서 이동하는 마차? 흠… 재미있겠군그래."

아이언핸드는 공중을 떠서 이동한다는 말에 머릿속으로 그림을 그려 보았다. 자신이 탄 채 둥실 떠다니는 그림을 그리자 멋진 물건일 거라는 확신이 들었다.

"일단 마법진은 만들어 왔습니다. 오픈!"

이안은 아공간을 열어 그 안에서 10여 개의 마법진이 그려진 동판을 꺼냈다. 마법으로 각인하여 절대 지워지지 않는 마법진은 바깥으로 나오자 푸른빛을 잠시 토했다가 잠잠해졌다.

"크기가 제법 크군."

"제일 큰 것이 지름 2미터 정도 됩니다. 4인 기준의 마차를 들어 올려서 이동해야 하는 것을 고려해 만들었습니다."

"4명이라… 마차까지 합하면 족히 1톤은 버틸 수 있다는 소리구먼."

"그렇죠. 그 무게를 상정해서 만들었습니다."

이안의 말을 들은 아이언핸드는 자신의 공방에 놓여 있는 많은 철판들을 향해 잰걸음으로 달렸다. 그리고 이내 뚝딱거리며 뭔가를 만들었는데, 조잡하기는 해도 마차의 모양새를 지닌 무언가였다.

"이 정도면 대강 마차의 모습과 무게일 걸세."

얇은 철판으로 사각 형태가 되도록 만들어진 것은 600㎏에 거의 준하도록 만들어졌다.

"아래에 붙이면 되는 건가?"

"그건 제가 하죠."

도르래로 사각 몸체를 들어 올리자 이안이 바로 밑 중앙에 커다란 원반을 부착시켰다. 떨어지지 않도록 오러를 이용하여 녹여서 완벽하게 부착시키자 제법 그럴싸한 모습을 갖춘 마차가 완성될 수 있었다.

"그걸로 다 된 건가?"

"네, 한번 시험 운행을 해보죠."

"흐흐! 이거 영광이로구먼. 어서 운행을 해보세나."

아이언핸드가 보조석에 냉큼 탑승하자 이안은 도르래에서 내려져 바닥에 놓인 마차의 조종석에 올라탔다.

"코어 온!"

후웅! 웅! 웅! 웅! 웅!

마나가 유동을 일으키며 철제 마차가 공중으로 살포시 떠올랐다. 지면에서 50㎝ 정도 떠오른 채 그대로 멈추자 이안은 마법진에 소리가 들리도록 목소리를 키우며 명령어를 외쳤다.

"뒤로 돌아! 직진하라!"

우웅! 스스스스슛!

공방의 문을 통과하여 빠르게 움직인 마차는 이안의 명령에 바로바로 반응하며 방해물을 피해 드워프 일족의 동굴을 빠져나갔다.

"뭐, 뭐야!"

"족장님이다!"

"이런, 배신자! 우리를 두고 재미있는 걸 타고 있다!"

"잡아라! 배신자에게 복수를!"

왕궁을 건설하기 위해 나간 인원을 빼고 1/3 정도 남아 마동포와 샤베른 제작에 몰두하던 드워프 장인들이 일제히 뒤를 쫓아왔다.

"이크! 이러다가 잡히겠는걸?"

"그럴 리가요. 속도를 올린다. 전속력으로!"

후앙! 쉬이이이이익!

마차의 속도가 최고 속도로 올라서자 마나 코어에서 강렬한 진동음이 토해져 나왔다.

"오옷! 빠르다. 빨라!"

전투마가 전속력으로 달리는 것보다 1.5배 정도 빠른 속도로 마차가 질주했다. 쫓아오는 드워프 장인들과의 거리를 순식간에 벌리며 헬카이드의 배꼽으로 나올 수 있었다.

"꽉 잡으세요. 좌현으로 30도 틀어! 이제 직진!"

계속해서 달리는 방향을 지정해 주는 이안의 외침 소리만 들려왔다. 미친 듯이 질주하는 마차는 바위 지형을 빠르게 통과하여 나아갔다.

"정지!"

아레나의 던전까지 갔다가 도로 드워프 마을로 돌아온 이안은 마차를 세웠다. 안정적으로 멈춰 선 마차는 부드럽게 지면에 내려섰다.

"와우! 이거 엄청난 물건일세. 대박! 대박이야!"

아이언핸드는 엄청난 속도감과 스릴에 매료되어 대박을 외쳐댔다. 그러는 중에도 분노에 타올라 족장을 기다리던 드워프 장인들이 얼른 마차를 포위한 채 외쳤다.

"배신자에게 응징을!"

"우리도 재미있는 것을 탈 권한이 있다!"

"우우! 안 태워주면 태업을 할 테다!"

장인들의 아우성에 이안은 빙그레 미소를 지으며 차례차례 마차를 태워서 시험 운행을 했다. 물론 그러면서 고쳐야 할 점들과 추가적으로 장착해야 할 마법들에 대한 것들을 구상할 수 있었다.

시행착오를 겪어서 탄생한 완성품은 마법 마차라는 기본적인 이름으로 명명되었다. 말로 외치는 것으로는 뒤늦게 방향 전환이 이루어진다는 것 때문에, 운전석에 수정구를 배치해서 돌리는 방식으로 조종하게끔 바뀌었다.

"어떤가? 이 정도면 되겠나?"

아이언핸드는 화려하게 치장한 마법 마차를 가리키며 뭔가 기대하는 듯한 표정으로 물어왔다. 그의 물음에 이안은 귀족들의 구매 욕구를 사정없이 유발할 걸작이라는 생각을 했다.

"매직 라이드도 완성됐습니까?"

매직 라이드는 1인승으로 기사들이 전마를 대신해서 탈 수 있도록 만들어졌다. 날렵하게 생긴 외형은 쇠뿔 모양을 연상하게 했고, 좌석에 앉으면 하체가 완전하게 보호되는 형태를 지니고 있었다. 손이 자유로워야 하는 기사용이기에 발로 방향을 조절하게끔 만들어져서 편의성 또한 극대화한 것이 특징이었다.

"시험 운행을 마치면 양산할 준비를 해야겠군요."

"양산이라면 대량으로 만들어낼 생각인가?"

"그래야죠. 마법진을 찍어낼 생각입니다."

마법진을 찍어낸다는 말에 아이언핸드는 조금 의아한 반응을 보였다. 마법진이라는 것이 기계적인 장치로 찍어낼 수 있는가 하는 문제가 걸리는 모양이었다.

"주물로 찍어내면 새겨 넣는 작업이 줄어들어 시간이 훨씬 단축될 겁니다."

"주물이라… 그 방식이라면 시간은 줄겠지만 마법진의 세밀한 완성도가 떨어지지 않겠나?"

주물로 제작할 경우 뭉뚱그려져서 나올 수도 있으니 그것을 걱정하는 것이었다.

"물론 그럴 수도 있겠지만 검수해서 불량품은 바로 녹여 다시 만들면 됩니다. 교정해서 되는 거라면 바로 교정 작업을 할 사람들이 달라붙으면 되고요. 요는 분업화에 있습니다."

"분업화라……."

"장인 한 사람이 모든 것을 만들려고 하면 시간이 너무 오래 걸립니다. 그러니 한 부분만 집중적으로 하게끔 유도하는 식으로 단계를 나눠서 작입을 분업화하는 거죠."

"흐음… 확실히 그렇게 하면 효율은 올라가겠군."

"그렇죠. 자신이 확실하게 할 수 있는 부분만 하는 거니까 효율은 극대화될 것이고 시간은 비약적으로 줄어들 겁니다."

"분업화를 한다면 어떻게 해야 할까. 생각을 좀 해봐야겠군."

"매직 웨건을 만든다고 생각해 보시죠."

"매직 웨건이면 저 4인승을 말하는 거 맞나?"

"맞습니다. 제일 처음 필요한 것은 마법진이 들어가는 하부의 강판을 조립하는 일이 될 겁니다."

"그렇겠지."

"그다음이 하부 강판에 웨건을 유지하는 철 기둥을 세우는 일일 거고요."

이안은 매직 웨건을 만드는 작업을 차례차례 이야기하며 분업화가 이루어질 수 있는 부분에 대해서 설명했다. 자잘한 것을 빼고 큰 틀을 잡는 일들만 30여 가지로 나눠졌다.

"이해했네. 그렇게 31개 작업으로 분업화를 이루면 되겠군. 그 작업들 중간에 소소한 작업을 빠르게 하는 걸로 하고 말이지."

"그러면 될 겁니다. 그렇게 하면 사람들을 많이 고용할 수 있는 장점도 생겨납니다."

"그게 장점인가? 모를 일이로군."

"일자리가 늘수록 백성들은 할 일이 생겨나는 거니까요. 돈을 벌고 그 돈을 쓴다. 그럼 그 돈을 쓴 곳에서는 또 다른 일자리가 생겨나겠죠. 이게 나라를 부강하게 만드는 겁니다."

"허허허! 나는 잘 모르겠네. 그게 좋은 일이라고 하니 그런가 보다 하는 게지. 허허허!"

아이언핸드는 이안이 활짝 웃는 모습을 보며 덩달아 흐뭇한 미소를 지었다. 나라의 왕이라는 사람이 백성들을 위해서 열심히 하는 모습을 보니 흐뭇하지 않을 수가 없었다.

"이제 모두에게 보여줄 시간이네요. 가시죠."

"그러세나."

"메스 텔레포트!"

후웅! 스팟!

이안은 매직 웨건과 매직 라이드 등을 아공간에 집어넣은 채 모두가 기다리고 있는 곳으로 공간 이동했다. 왕성이 만들어지고 있는 곳인 동쪽 평원 지역에 수천 명이 넘는 사람들이 모여 있었다.

"전하! 어서 오십시오."

샤르딘 백작은 오늘 시연할 마법 물품에 대해 기대가 컸다. 매직 난방기도 좋은 아이템이기는 했지만 그렇게 잘 팔리는 품목은 아닌 탓에 새로운 수익을 낼 수 있는 마법 물품의 필요성이 커지고 있던 차였다.

"아공간 오픈! 나오라!"

이안은 아공간에서 매직 웨건을 비롯하여 새롭게 선보인 물품들을 모두 꺼냈다. 웨건을 비롯한 마차 형태의 물품은 두 개씩이었고 매직 라이드는 모두 10대가 모습을 보였다.

"오오! 이것들입니까? 정말 대단해 보이는군요. 호 오……."

샤르딘 백작은 매직 웨건을 먼저 살펴보았다. 철제 프레임으로 제작되어 은색의 광택이 흐르는 외장은 보기에도 뭔가 있어 보이도록 만들어졌다.

"제법 크군요."

"아무래도 그렇지. 4명이 편안하게 타고 이동할 수 있도록 되어 있으니까."

"4명이라… 어떻게 타는 겁니까?"

"문에 난 손잡이를 당기면 되네."

이안의 말에 샤르딘 백작은 손잡이를 잡아당겼다. 부드럽게 열리는 문 안으로 가죽으로 만들어진 푹신한 의자가 보였다.

"앞뒤가 나눠져 있군요. 이유라도 있는 겁니까?"

"어느 귀족이 수행원과 한 공간에 있고 싶겠나. 그걸 위해서 조종석과 귀족이 탈 뒷자석을 분리했네."

"그렇군요. 과연."

샤르딘 백작은 이안의 말을 듣고는 그게 맞다고 판단했다.

수행원들과 한 공간에 타고자 하는 귀족은 그 어디에도 없을 것이니 말이었다.

"디자인은 합격입니다. 다만 돈 많은 귀족들의 허영심을 충족시켜 줄 수 있는 것들로 만들어졌으면 더 좋겠다는 의견입니다."

"가령 어떤 것을 말하는 것인가?"

"뭐 쉽게 말해서 황금으로 도배를 하는 것도 좋겠지요. 저 팔걸이 같은 경우라면 보석을 박아서 화려하게 만들어도 좋을 거 같군요."

"흠… 불편함을 이겨내는 것이 허영심이라 이건가?"

"그렇습니다. 전하."

"하긴… 그래서 귀족이겠지."

겉으로 보여주기 위해서라면 한겨울에 구멍이 숭숭 뚫려 있어도 보석으로 치장된 옷을 입는 것이 귀족들이었다. 그러니 샤르딘의 말에도 상당 부분 공감할 수 있었다.

"두 가지로 나누면 되겠군. 실용성과 안정성을 강조한 모델과 허영심을 충족시킬 수 있는 화려함을 강조한 모델로 말이지."

"그렇게 하는 편이 좋겠습니다."

"알겠네. 다음은 운행을 해보고 느낀 점을 말해보게."

"네, 전하!"

샤르딘 백작과 두 명의 상공성 관리들이 웨건에 올랐다. 조종석은 이안이 직접 타서 시범 운행에 나섰다.

"좌석이 푹신한 것이 상당히 좋군요."

"아무래도 귀족들이 탈 것이니 그렇게 만들었네. 그럼 운행을 시작하지. 마나 코어 온!"

후웅! 스르르르릇!

마나 코어에서 시동 음이 들리기 무섭게 매직 웨건이 공중으로 떠올랐다. 살짝 떠오른 것이라 지면에서 50㎝ 정도 뜬 채 멈춰 섰다.

"오오! 이거 멋진데요?"

붕 하고 뜨는 느낌에 샤르딘 백작은 뭔가 들뜬 음성을 터뜨렸다. 그런 반응은 조용히 있던 상공성의 관리들도 마찬가지였다. 그들은 락토르의 행정 아카데미를 나온 젊은 인재들로 레이너 공국이 개국되었을 때 대거 유입된 자들이었다.

"자, 그럼 운행을 시작하네."

수정구를 살살 굴리듯이 앞으로 밀었다. 그러자 웨건은 앞으로 서행하며 부드럽게 나아갔다. 보통의 마차들이 도시에서 이동하는 수준이었는데도, 샤르딘 백작은 웨건이 움직이는 것도 거의 느끼지 못했다.

"어… 이게 지금 앞으로 가는 거 맞습니까?"

"맞네. 창문을 여닫을 수 있도록 만들었으니 열어서 보면 알 거야."

"아! 감사합니다."

샤르딘 백작은 웨건의 창문을 열 수 있다는 말에, 오른쪽에 있는 창문을 열었다. 강철판으로 만들어진 창문이 부드럽게 밀려나며 밖이 보였다.

"정말 대단하군요. 이런 편안함이라니."

샤르딘은 이 매직 웨건이 분명 대박 날 아이템이라 생각했다. 돈이 썩어나는 귀족들이라면 이런 편안함을 절대 거부하지 못한다는 것을 확신했다. 그리고 강철판으로 만들어져서 외부의 공격을 막아낼 수 있는 안정성도 갖췄으니 귀족이라면 무조건 가져야 할 아이템이 될 것이었다.

"헉! 저, 저것 좀 봐!"

"괴, 괴물이다! 으아아아!"

말이 존재하지 않는 매직 웨건의 등장에 체이스 제국의 황성은 이른 아침부터 난리가 났다. 고함을 지르며 괴물이 등장했다고 아우성을 쳐대는 사람들로 인해서 도로가 마비되어 버린 것이다.

"포위하라! 절대 뚫려서는 안 된다!"

"네, 기사님!"

수백 명이 넘는 병력이 달려와 순식간에 괴물로 지목된 물체를 포위했다. 그들은 부들부들 떨리는 손을 진정시키며 서서히 괴물을 공격하기 위해서 접근했다.

"이게 뭐하는 짓인가!"

갑작스러운 호통에 기사는 손을 들어 병사들을 제지했다. 은빛 광택이 흐르는 마차 같은 것에서 문이 열리고 나오는 이는 고급스러운 팔라멘툼을 걸친 귀족이었다.

"제가 해결하겠습니다. 공작 각하!"

"아닐세. 이런 일은 초장부터 확실하게 해둬야 해."

일부러 호통을 친 비어홀트 공작은 아들이 만든 매직 웨건의 홍보를 위해 직접 움직이는 중이었다. 그러니 자연 그의 행동은 평소와는 다르게 오버하는 면이 강했다.

"나는 레이너 공국의 외무성장인 비어홀트 명예 공작이니라. 네놈들은 어떤 놈들이기에 공격하려 하느냐!"

"헉! 공작 각하를 뵙니다."

기사는 레이너 공국의 외무성장이라는 말에 깜짝 놀랐다. 새롭게 만들어진 레이너 공국은 자신들의 숙적이라고 할 수 있는 로크 제국을 물리친 작지만 강한 나라로 소문이 나고 있었다.

"송구하오나 그 마차의 정체를 밝혀주십시오. 말이 끄는 것도 아닌데 움직이니… 그것도 공중에 떠서 말입니다. 사람들이 괴물이라며 소동이 일어났습니다."

"이런, 이런! 이건 레이너 공국의 공왕인 내 아들이 직접 만들어준 매직 웨건이라는 걸세. 뭐 이해하기 쉽게 비공정을 마차 크기로 만들었다고 생각하면 될 걸세. 설명이 되었나?"

"헉! 비, 비공정이요? 아… 알겠습니다."

"그럼 가도 되겠나?"

"네네, 가서도 됩니다. 포위를 풀어라!"

병사들이 포위를 풀자 두 대의 은색 매직 웨건이 체이스 제국의 황도를 관통해 나아갔다. 그 모습을 본 사람들이 떠드는 소리가 소문의 해일이 되어 황성을 뒤흔드는 것은 채 하루가 걸리지 않았다.

"매직 웨건이라고 했느냐?"

"그렇사옵니다, 폐하!"

체이스 제국의 황제인 베르탄트 카오니아 폰 체이스는 시종장이 보고한 매직 웨건이라는 것에 대해서 강한 호기심을 드러냈다.

"비공정을 축소한 거라고 하던데 사실이냐?"

"처음 발견한 기사의 보고로는 그렇다고 하옵니다."

"흐음… 그렇단 말이지."

마법 수정구를 통해서 보이는 매직 웨건의 모습은 황제의 욕심을 키웠다. 은빛 메탈 재질의 외형도 그렇지만 말도 없는데 부드럽게 공중에 떠서 이동하는 것이 놀라움을 자아냈다.

"외무성장인 레이너 명예 공작이 황성에 왔다지?"

"그렇사옵니다."

"그를 불러라. 저 물건은 반드시 가지고 오라고 명하고."

"그리하겠사옵니다."

황제는 자신의 욕심을 자아내는 저 물건을 반드시 손에 넣고 싶었다. 황제인 자신의 품격에 맞는 물건이라 생각했고 그 누구보다 먼저 자신이 사용해야 할 물건이라 여겼다.

"폐하!"

"말하라."

"레이너 공국에 명하시어 저 마법 물품을 진상하라 하시옵소서. 그러면 저들이 알아서 행할 것이옵니다."

귀족들은 레이너 공국을 자신들이 쥐고 흔들 수 있는 그런 나라로 여겼다. 인구 100만도 안 되는 공작령 정도의 나라이니 마음만 먹으면 단번에 점령할 수 있는 나라라는 인식을 가지고 있는 거였다.

"그렇게 할 것이다. 그러나 그 전에."

황제의 눈은 묘한 기세를 담은 채 아르제온 후작에게로 향해 있었다. 황실 마탑의 탑주인 그는 황제의 눈빛에서 그가 말하고자 하는 것을 단박에 알아챘다.

"저 물품을 구할 수만 있다면 마탑에서 바로 만들어낼 것이옵니다. 마법진을 만들어내는 실력은 저희 마탑도 뒤지지 않으니 말이옵니다."

"그래야 할 것이다."

황제는 저런 물품을 만들어내지 못하는 황실 마탑에 냉소 어린 미소를 보였다. 로크 제국에 이어 레이너 공국에서도 만들어내는 마동포를 여전히 개발하지 못한 마탑의 무능에 대한 질책이었다.

'젠장… 레이너 공왕… 그자는 도대체 어떻게 된 거야?

아르제온 후작은 이안이 자신과 같은 7클래스의 마법사라 알고 있었다. 그러니 그가 만들어낸 마법 물품이 도저히 이해 가지 않았다. 비공정의 원리를 이용해서 만들었다는 것을 알 겠는데 그것을 가능하게 하는 것은 자신들의 머리로는 불가능이었던 것이다.

'어떻게든 만들어내야 한다. 어떻게든!'

아르제온 후작은 수단과 방법을 가리지 않고 알아내리라 다짐했다. 레이너 공국과 척을 지는 한이 있더라도 그러는 것이 자신이 살길이라 여긴 것이다.

8장

매직 웨건의 돌풍

두 대의 매직 웨건이 체이스 제국의 황도를 질주했다. 탈 수 있는 인원의 한계가 명확하기에 탑승한 인원은 모두 8명이었고 그중 한 명이 비어홀트 폰 레이너 명예 공작이었다.

"공왕의 뜻대로 되어가는군그래."

"그러게 말입니다. 외무성장님!"

"하루 만에 입질이 오리라고는 예상 밖이었는데… 황제가 몸이 닳았나보구먼."

"하하! 저 같아도 당장 입조하라 명했을 겁니다. 이런 신기한 물건을 어떻게 두고만 보겠습니까? 하하하!"

체이스 제국 주재 대사인 피어스 자작은 비어홀트 명예 공작이 남부의 귀족이었을 때부터 따르던 자였다. 레이너 공국이 개국되자 락토르를 떠나 투신했고 이렇게 체이스 제국 주재 대사의 자리까지 오를 수 있었다.

"얼마나 남았는가?"

"이제 곧 황궁의 정문에 도착할 겁니다, 각하!"

"그래? 알겠네."

황궁에 도착하게 되면 바로 황제를 알현하게 될 것이었다. 아무리 그래도 황제를 만나는 것인지라 조금은 답답한 마음이 들었다. 칼자루는 자신이 쥐었다 할지라도 상대는 언제든 그 칼자루를 자신의 것으로 만들 수 있는 힘을 가진 존재였다.

"도착했습니다, 각하!"

매직 웨건을 조종하는 자는 독립여단 출신의 기간트 라이더였다. 동기화와는 상관없는 매직 웨건이지만 그래도 라이더 출신의 조종사를 보내서 운행을 더욱 원활하게 하려는 조치였다.

"정지! 정지하시오!"

황궁의 정문에 도착하자 곧장 근위기사들이 대오를 갖춰서 나오며 정지를 외쳤다. 그 앞에 부드럽게 정지한 매직 웨건은 서서히 내려서며 운행을 멈췄다.

"황제 폐하의 부름을 받고 입궁한 레이너 공국의 외무성장님이시오."

"일단 내부 조사를 해야 하니 내려주셨으면 좋겠습니다."

기사 조장으로 보이는 자가 내부 조사를 하겠다고 하는 말에 비어홀트 명예 공작은 떨떠름한 표정으로 매직 웨건에서 내렸다.

'마법사인가? 흐음……'

체이스 제국의 마탑 소속임을 드러내는 표식을 가슴에 새긴 로브를 걸친 자가 잰걸음으로 다가왔다. 그는 비어홀트 명예 공작에게 가볍게 목례한 후 내부에 몇 가지 마법을 펼쳤다.

"서치! 파인드 마나!"

캐스팅이 이루어질 때마다 푸른 마나가 일렁였지만 그 마법들은 매직 웨건에는 아무런 영향도 주지 못하고 튕겨 나갔다.

"헉… 어, 어떻게……"

"6클래스 이하의 마법은 펼쳐도 소용없네. 그러니 눈으로 확인하는 것이 나을 게야."

"아, 알겠습니다."

방어 마법진이 자체 내장된 매직 웨건은 6클래스의 마법까지 모두 캔슬시키는 괴물이었다. 마법사는 자신의 마법을 모두 튕겨 버리는 그 위용에 놀라며 내부를 빠짐없이 눈에 담았다.

"그 정도면 되었을 듯싶네만."

"하, 하지만… 알겠습니다."

마법사는 자신의 마법으로는 그 어떤 것도 알아낼 수 없다는 것에 이내 포기하고 물러났다. 겉으로 드러나는 마법진이 아무 것도 없었기에 분해하지 않는 한은 그 어떤 수작도 소용이 없음을 느낀 것이었다.

"타시지요."

"그러세."

비어홀트 명예 공작이 다시 매직 웨건에 올라타자 마법사는 풀이 죽은 표정으로 신호를 보냈다.

"문을 열어라! 3조가 호위하여 입궁한다."

"추웅!"

호위라고는 하지만 감시하겠다는 것을 그렇게 표현한 것이었다. 20여 명의 기사들이 좌우로 따라붙으며 매직 웨건을 인도했다. 은색 메탈 재질의 매직 웨건은 그 어떤 구멍도 없는 겉모습으로도 길을 따라 유려한 운행을 해나갔다. 기간트에 적용되는 파노라마 사이트 마법이 적용되어 조종사가 완벽한 시야 확보를 할 수 있기에 가능한 것이었다.

"정지! 정지하라! 황제 폐하께서 계시는 곳이니라!"

괄괄한 음성이 터져 나왔다. 마나가 가득 실린 것으로 보아 마스터급의 인사가 외치는 것이 분명했다.

"정지합니다."

조종사가 곧바로 운전을 멈추자 비어홀트 명예 공작은 지면에 매직 웨건이 내려서기도 전에 밖으로 내려섰다. 황제가 직접 나와 있다는데 책잡힐 일은 애초에 만들지 않는 것이 낫다고 판단한 것이었다.

"제국의 황제 폐하를 뵙니다."

"…뵙니다."

비어홀트 명예 공작을 비롯한 일행들이 공손하게 무릎을 꿇고 머리를 조아렸다. 햇살을 막아주는 차양 아래서 기다리던 황제는 가볍게 고개를 끄덕인 후 말했다.

"일어나라."

"감사하옵니다, 폐하!"

비어홀트 명예 공작을 유심히 살피던 황제는 그의 행동거지가 무척이나 조심스러운 것에 만족했다.

"저것이 매직 웨건이라고 한다지?"

"그렇사옵니다."

"오는 것을 보니 땅 위에 떠서 이동을 하던데 승차감은 어떠한가?"

마차를 타고 이동하면 아무래도 울퉁불퉁한 지면의 충격을 고스란히 받는다. 푹신한 것을 깔더라도 울렁거리는 것 때문에 멀미가 나는 경우가 대부분이었다. 그래서 마차 여행이라도 할 때에는 중간중간 쉬어주어야 할 정도였다. 체력 소모도 무척 심하기에 병이라도 있는 경우에는 마차 여행 중 죽는 경우도 많았다.

"여기까지 오는 줄도 몰랐사옵니다."

"그런가? 대단하군."

오는 줄도 몰랐다는 말에 황제는 욕심이 크게 동했다. 이야기를 듣고 마법 영상으로 볼 때와는 또 다른 욕심이 그를 사로잡았다.

"짐이 타봐도 되겠는가?"

"그렇게 하시옵소서."

"그럼 부탁하겠노라."

"모시겠사옵니다."

비어홀트 명예 공작이 공손하게 황제를 안내하여 매직 웨건의 문을 열었다.

"오오! 무척 편안하구나."

기존의 마차를 탈 때와 다르게 온몸이 푹 감싸이듯이 앉을 수 있어 좋았다.

"신이 옆에 타겠사옵니다."

"그렇게 하라."

비어홀트가 옆자리에 앉자 기사단장의 눈썹이 꿈틀거렸다. 황제의 옆에는 그 누구도 앉을 수 없다는 법도를 어긴 것이기 때문이었다.

"아아! 자네도 앞에 타게."

"끄응… 네, 폐하!"

단장이 앞좌석에 앉자 조종사가 싱긋 웃으며 마너 코어에 시동어를 외쳤다.

"마너 코어 온!"

후웅! 스르르르릇!

공중으로 부드럽게 떠오르자 황제는 기대감이 섞인 눈빛을 하며 말했다.

"느낌이 좋군. 한데 밖이 보이지 않아 그것이 조금 아쉽군."

"그것은 이렇게 하시면 되옵니다."

비어홀트가 창문을 열자 상반신이 거의 드러날 정도의 구멍이 열렸다.

"창문이 있었군. 이렇게 하면 되는 건가?"

"잘 하셨사옵니다. 폐하!"

창문이 열리고, 매직 웨건이 부드럽게 선회하며 방향을 틀어 황궁의 넓은 정원을 부유하듯이 나아갔다.

"정말 좋은 마법 도구로다. 이런 승차감이라니 말이야."

"승차감도 승차감이지만 가장 중요한 것은 안정성에 있사 옵니다."

"안정성? 하긴 철판으로 만들었으니 어지간한 공격에는 안 전하기도 하겠지."

"오러를 사용하는 마스터가 아닌 다음에는 이 매직 웨건을 공격해도 소용없습니다. 그것만이 아니옵니다. 마법도 6클래 스의 마법까지 막아내니 그 누가 이 매직 웨건을 타고 있는 사람에게 위해를 가할 수 있겠사옵니까? 하하하!"

호통하게 웃으며 자랑하는 비어홀트의 말에 황제는 눈이 휘둥그레졌다. 6클래스의 마법을 막아낸다면 마법사의 공격 은 이 매직 웨건에 아무런 위해도 가할 수 없다는 뜻이었다. 7클래스의 마법으로 공격하면 되지 않느냐고 반문할지도 모 르지만 그것은 멍청한 질문이었다. 7클래스의 주문은 캐스팅 하는 데에만 한참 걸린다. 그동안 매직 웨건은 공격 범위 밖 으로 도망가 있을 것이었다.

"이렇게 좋은 거라면 짐의 안전을 위해서라도 필요하겠어. 안 그런가?"

"송구하옵니다. 이 매직 웨건은 팔 수 없는 물건이옵니 다."

"뭐라? 팔 수 없다? 왜?"

"비공정의 하위 버전이기는 하지만 비공정의 원리를 그대로 지닌 마법 아티팩트라 불러야 할 것이옵니다. 그런 물건을 국외로 판매하는 것은 어렵지 않겠사옵니까? 제국에서도 비공정은 같은 취급을 한다고 알고 있사옵니다만."

비어홀트는 이안이 애초에 일러준 대로 대응하고 있었다. 절대 팔 수 없는 물건이라고 못을 박음으로써 상대의 애를 타게 만드는 것이 이안의 생각이었다.

"그 상대가 짐이라도 말인가?"

"국제관례를 생각해 주시옵소서."

"끄응… 그놈의 국제관례."

국제관례라는 말에 황제도 어깃장을 놓지는 못했다. 자칫 제국의 힘으로 약소국의 귀중한 마법 연구를 강탈하려 한다는 말이 돌 수 있었다. 마법사들은 그런 일이 터지면 똘똘 뭉쳐서 그 나라를 공격하는 것을 원칙으로 삼았다. 마법적인 연구를 나라의 권력으로 강탈하는 일을 방치하면 마법사들의 권익이 계속해서 침해받을 것을 염려한 묵약이었다.

"그런데 정말 마스터가 아니면 뚫을 수 없다는 말이 사실이더냐?"

황제는 매직 웨건을 가질 수 없다는 투로 나오자 다른 쪽으로 어깃장을 놓으려 했다. 아무리 대단한 아티팩트라고 해도 기간트도 아닌데 그런 안정성을 보인다는 것이 의심스러웠기 때문이었다.

"하오면 내기를 하나 하시겠사옵니까?"

"내기? 어떤 내기를 말인가?"

"이 매직 웨건으로 1개 기사단과 1개 마법병단, 그리고 1개 천인대 병력이 막고 있는 곳을 돌파해 보이겠사옵니다. 그들을 뚫고 정해진 목적지로 간다면 안정성을 증명해 보이는 것이 아니겠사옵니까?"

"그래? 내기라 했으니 그 내기에 이기면 무엇을 들어주랴?"

황제의 말에 비어홀트 명예 공작은 묘한 미소를 지으며 대답했다.

"제국 서쪽 끝 바닷가에 위치한 남작령 정도의 땅을 100년간만 조차해 주시옵소서."

"남작령 정도의 땅을 조차해 달라? 이유를 알 수 있겠나?"

"소금을 구할 수 없으니 그렇게라도 소금을 생산할 땅을 얻었으면 하는 것이옵니다."

"소금이라… 그럴 수도 있겠군."

소금은 귀해도 너무 귀한 필수 식품이었다. 소금 1포대에 밀 5포대의 가격으로 거래가 되는 판이니 비어홀트가 내기의 조건으로 거는 것도 무리는 아니었다.

"좋다. 짐이 이긴다면 매직 웨건의 마법 설계도를 다오."

"네? 그것은 조금 과한 조건 같사옵니다만."

"그것이 과하다? 이기면 될 것이 아니더냐. 이기면!"

"그러지 마시옵고… 차라리 이렇게 하는 것이 어떻겠사옵니까?"

"말해보라."

"이 매직 웨건을 차라리 상품화하여 팔겠사옵니다. 그럼 되지 않겠사옵니까?"

"상품으로 판다? 좋다. 그렇게 하자."

"하하하! 현명하신 결정이시옵니다."

비어홀트는 아들이 정한 가이드라인 안에서 최대한으로 근사치에 가까운 결정을 이끌어낼 수 있었다. 황제는 황제 나름대로 묘한 미소를 지으며 자신의 뜻대로 되었다고 기뻐하고 있음은 당연한 일일 것이었다.

"도착했사옵니다. 폐하!"

조종사가 정원을 한 바퀴 돌아 원래 위치로 돌아오자 도착을 알렸다.

"오! 달린 거 같지도 않은데 벌써?"

"이제 내리시옵소서."

매직 웨건이 도착하자 시종장이 냉큼 달려와 웨건의 문을 열었다. 아쉬워하던 황제는 하루 종일이라도 달리고 싶은 마음이었지만 애써 참으며 내려야 했다.

"단장!"

"예, 폐하!"

"지금 당장 기사단 연병장에 1개 기사단과 마법 병단을 준비하라. 1개 천인대도 부르고 말이야."

"명대로 하겠사옵니다."

"그리고 내 명을 반드시 전하라."

"뭐라고 하올까요?"

"저 매직 웨건이 빠져나가지 못하게 해야 한다. 목숨을 걸고 이행해야 할 것이라 전하라. 알겠는가?"

"신의 목숨을 걸고 그럴 일은 없을 것이옵니다."

단장 역시 매직 웨건 안에서 비어홀트와 황제가 한 내기를 들었다. 그는 내심 비어홀트를 비웃고 있었으므로 이번 참에 확실하게 콧대를 꺾어주겠노라 벼르고 있었다.

"믿겠다. 그럼 어서 가서 준비하라."

"예, 폐하!"

황제에게 군례를 취한 기사단장이 달려가자 비어홀트는 그 나름대로 조종사에게 귓속말을 했다.

"가능하겠는가?"

"물론입니다. 공왕 전하께서 이미 몇 번에 걸쳐서 시험을 한 결과 그 정도 병력으로는 절대 막지 못합니다. 믿으십시오."

"그래, 내 경만 믿겠네."

비어홀트는 이번 내기의 끝에 보일 황제의 일그러진 얼굴이 머릿속에 그려졌다. 의미심장한 미소가 끊이지 않고 그의 얼굴에 감돌았다.

"모두 준비됐느냐!"

"예, 장군!"

근위병들은 묵직하게 내려앉은 분위기를 뿜어냈다. 오는 내내 매직 웨건을 제압하지 못하면 근위대에서 쫓겨날 거라는 협박을 단단히 받은 탓이었다.

"쇠사슬로 만든 그물로 잡으면 된다. 공격력은 없고 속도가 빠른 것 외에는 없어. 알겠나!"

"네, 장군!"

근위병들은 근위대에 속해 있다는 것 자체를 명예로 생각하는 자들이었다. 그런데 근위대에서 쫓겨나면 잘해야 황성 수비대였다. 좌천도 그런 좌천이 없다고 여기는 이가 대부분이었다.

"백인대를 둘로 나눠서 대형을 갖춰라. 움직여!"

"추웅!"

근위대원들은 사전에 작전 회의를 한 대로 움직였다. 50명씩 조를 이뤄 반원형으로 방어벽을 갖췄다. 그리고 이중으로 선 두 번째 줄은 앞줄 사이사이에 낀 형태로 서서 언제든 도움을 줄 수 있도록 했다.

"기사단 출전!"

"우오오오오오!"

근위대가 방어선을 구축한 사이 기사단은 출전 명령이 떨어졌다. 중장갑에 강철 렌즈를 든 그들은 매직 웨건에 직접적인 공격을 담당했다.

"시작인가? 아주 매직 웨건의 위용 앞에 오줌을 지리도록 만들어주마. 가자!"

매직 웨건의 조종사는 독립여단 출신의 전직 기간트 라이더였다. 동기화율이 상당히 높아서 상급의 라이더로 올라설 거라 촉망받던 인재이기도 했다. 단기간에 매직 웨건의 조종술을 익혀야 했지만 타고난 순발력과 과감한 성격으로 자기 마음대로 매직 웨건을 조종하는 단계에 오를 수 있었다.

"가자! 정면으로 추돌한다."

정면에서 추돌해서 매직 웨건에 타격을 준 후 좌우에 있는 기사들은 렌즈를 버리고 곧장 밧줄로 묶는 작전이었다. 그것을 위해서 희생될 기사들도 나오겠지만 목숨을 걸어야 한다는 단장의 명령에 이를 앙다물고 달려 나왔다.

"렌즈 앞으로!"

마스터를 제외한다는 합의 아래 지휘는 최상급의 익스퍼트인 부단장이 맡았다. 그의 구령하에 기사들은 강철로 만들어진 렌스를 들어 매직 웨건을 겨눴다.

"돌격! 렌스 차지를 가하라!"

"우오오오오옷!"

기사들은 렌스에 마나를 실어 죽을힘을 다해서 매직 웨건에 렌스 차지를 가했다.

미친 듯이 질주하는 전투마의 속도에 기사들의 마나까지 더해져 철판도 꿰뚫어 버릴 듯한 차지 공격이 매직 웨건에 집중됐다.

"어림없지. 턴!"

후앙! 쎄에에에에엑!

순간적인 방향 전환으로 렌스 차지가 가해지기 바로 전에 방향을 튼 매직 웨건이 유려한 움직임으로 그 공격을 피해냈다.

"그대로 찔러 넣어!"

"어딜 도망가느냐!"

쉬잇! 카강! 티팅!

찔러 넣은 렌스가 닿을 무렵 방향을 틀며 튕기듯이 그 공격을 회피한 것이었다. 허무하게 렌스만 잃어버린 기사들은 재차 공격을 하려고 했지만 매직 웨건은 그 틈을 타서 전투마를 깔아뭉개듯이 돌진했다.

"피, 피해!"

"부숴! 부수라고!"

피하려는 자들과 그 옆에서 말을 몰아가는 기사들은 광기 어린 외침을 토하며 매직 웨건에 공세를 퍼부었다.

"이건 몰랐을 거다. 회전!"

빙글빙글 회전하는 찌르기 공격을 허무하게 만들어 버리며 기사들의 포위망을 뚫어버린 매직 웨건이 근위병들이 있는 곳을 향해 쇄도해 들어갔다.

"밧줄을 던져라. 잡아야 한다!"

"으핫!"

"흐랏차!"

쇠사슬로 만들어진 밧줄이 날아와 매직 웨건을 덮쳤다. 수십 개의 밧줄이 날아왔지만 그중에 제대로 걸리는 것은 대여섯 개에 불과했다. 그러나 일단 잡히자 그것을 여러 명이 잡아채며 끌어당기기 시작했다.

"푸르륵!"

"크히히히힝!"

전투마들은 갑자기 엄청난 무게를 감당하게 되자 거친 투레질을 치며 매직 웨건이 향하는 방향의 반대편을 향해 달렸다.

"이크! 제법인데?"

밧줄에 걸려서 속도가 현격하게 떨어졌지만 조종사는 마

너 코어의 출력을 최대로 올렸다. 팽팽하던 힘겨루기가 어느 순간 한 밧줄이 끊어져 나가는 것을 기회로 급격하게 기울어 버렸다.

"비, 빌어먹을!"

매직 웨건은 쇠사슬 밧줄을 모두 끊어내며 그대로 줄행랑을 쳤다. 기사들의 방어벽을 뚫자 그대로 내달리며 병사들이 대기하고 있는 곳으로 질주해 나갔다.

"지금이다, 캐스팅한 마법을 날려라!"

"플레임 스트라이크!"

"어스퀘이크!"

6클래스 이하의 마법들이 준비되어 있다가 한 번에 날아들었다. 기사들이 붙잡고 있는 동안 캐스팅을 마친 마법사들이 날린 마법이 형형색색의 빛깔을 뿜어내며 매직 웨건을 타격했다.

콰앙! 콰콰콰콰쾅!

강렬한 폭음이 연신 터져 나오고 시야를 완전히 가릴 정도로 거센 흙먼지가 연병장을 가득 메워 버렸다.

"와우! 저 정도면 기간트도 파괴될 거 같군."

"엄청난 마법이야. 허허허!"

체이스 제국의 귀족들은 그 마법 공격에 매직 웨건이 무조건 박살 날 거라 생각했다. 위력도 위력이지만 마법 병단에 소속된 마법사의 숫자를 생각하면 버티는 것은 불가능이라 생각한 것이었다.

"헉! 저, 저것 좀 봐."

"미, 미친… 어떻게 저럴 수가…….."

조롱기 어린 웃음은 순식간에 경악에 물든 표정으로 바뀌어 버렸다. 푸른 방어 마법이 걸린 매직 웨건이 빠른 속도로 흙먼지를 뚫고 나온 것을 목격하고 난 뒤의 변화였다.

"오, 온다. 목숨을 걸고 막아라!"

"밧줄을 던져라! 투척하라!"

병사들은 기사와 마법사들이 뚫린 마당에 자신들만 남게 되자 심장이 요동쳤다. 막지 못하면 최악의 상황으로 떨어질 수 있다는 위기감이 그들에게 초인적인 힘을 발휘하게 만들었다.

휘익! 휘리릭!

사방에서 쇠사슬로 이어 만든 그물이 매직 웨건을 향해 날아들었다. 어차피 인력으로는 매직 웨건을 막을 방법이 그것뿐이었기에 필사적으로 던져댔다.

"일제히 달려들어라. 달려!"

"우와아아아아아아!"

그물이 날아가는 순간 우레와 같은 함성을 내지르며 좌우에서 일제히 몰려들었다. 인해전술로 매직 웨건을 막아내려는 마지막 발악이었다.

"흐흐! 요건 몰랐을 거다. 점프!"

후웅! 파파파파파팡!

50㎝ 정도만 떠서 이동하던 매직 웨건이 마지막 순간 그대로 달려 나가며 공중으로 날아올랐다. 순식간에 그물 투척을 피해 뛰어넘은 매직 웨건은 30여 미터를 날아 내렸다.

"헉… 마, 말도 안 돼……."

"어떻게 막으라는 거야. 저렇게 날아가 버리면."

병사들은 허망한 눈으로 목표점에 도착해서 멈춰 선 매직 웨건의 뒷모습을 바라보았다. 그 어떤 공격도 소용이 없었고 장애물은 그대로 뛰어넘으며 도주하는 능력을 갖추고 있었다. 그 모습에 체이스 제국의 황제 이하 귀족들 모두가 탐욕스러운 눈빛을 뿜어냈다.

"그대가 이겼군."

"황은에 감사드리옵니다, 폐하!"

흐뭇한 미소를 얼굴에 지은 채 황제에게 감사 인사를 올리는 비어홀트 명예 공작이었다.

"끄응… 내기에 지고 나니 더욱 욕심이 나는군. 다시 생각해 볼 수는 없겠는가?"

황제가 앓는 소리를 내다 넌지시 다시 생각하라며 비어홀트에게 압력을 행사했다.

"그렇게 갖고 싶으시옵니까?"

"당연하지 않은가? 저 정도 전력이 막는 것을 돌파해 나가는 매직 웨건이다. 짐의 안위를 한 번쯤은 지켜줄 아티팩트라는 생각이 들었노라."

"음… 그도 그렇겠군요."

"그러니 한번 생각을 다시 해보라는 말이야."

비어홀트는 겉으로 보기에는 심각하게 고민하는 듯한 모습을 보였다. 황제의 측근들은 더욱 강하게 압박하라는 눈빛을 황제에게 보내고 있었다. 그들 역시도 매직 웨건의 활용성과 필요성을 심각할 정도로 받아들이고 있었기 때문이었다.

"좋습니다. 그럼 제국 서남부의 델모어령을 조차해 주십시오. 그럼 매직 웨건을 상품화하여 판매하도록 하겠습니다."

"그게 정말인가? 하하하! 그 정도는 해주어야지. 매직 웨건을 얻을 수 있다는데 말이야."

델모어라는 땅은 황제의 직할령으로 그다지 특출할 것도 없는 땅이었다. 크기도 그렇게 큰 땅이 아니었으니 황제의 입장에서는 얼마든지 조차해 주어도 무방했다. 그런 땅을 조차해 주고 원하는 매직 웨건을 손에 넣는 것이니 황제는 곧바로 그렇게 하겠다고 이야기해 버렸다.

'아들 녀석이지만 왜 그런 땅을 얻어내라 했는지 모르겠

어. 내가 보기에도 별다른 거 없는 그런 땅이거늘.'

생각은 그렇게 했어도 아들이 원하는 땅을 얻어내는 것에 성공했으니 만면 가득 흐뭇한 미소가 번졌다.

땅땅땅!

수백 명이 넘는 귀족들과 그 대리인들로 가득한 곳은 레이너 공국의 대사관 1층에 마련된 대연회장이었다. 마치 경매장을 연상케 하는 분위기에서 의사봉을 쥐고 있는 사람은 특별히 달려온 샤르딘 백작이었다. 상공성의 성장으로 매직 웨건의 총판 권한을 팔려는 것이었다.

"모여주신 여러 귀빈들께 감사 인사드립니다. 레이너 공국의 상공성장을 맡고 있는 샤르딘 백작입니다. 그럼 바로 매직 웨건의 체이스 제국 총판매 권한에 대한 입찰을 시작하겠습니다."

샤르딘 백작의 말에 모두는 침을 꿀꺽 삼키며 긴장했다. 총판매 권한을 획득하게 된다면 당장 수백 대, 많게는 수천 대가 넘는 매직 웨건의 판매를 자신의 뜻대로 행할 수 있게 되는 것이었다.

"우선 보시면 알겠지만 매직 웨건은 기본형 코어 출력이 0.88G의 싱글코어입니다. 이전 황궁에서 있었던 고급형이 1.21G의 더블코어로 제작된 거지요."

샤르딘 백작은 두 가지 매직 웨건에 대한 상세한 설명을 모두에게 해주었다. 6클래스 마법에 대한 방어 마법진과 물리 대미지를 획기적으로 줄여주는 마법진, 그리고 드워프들이 심혈을 기울여 만든 차체의 방호력에 대한 것이었다. 그리고 속도를 비롯하여 매직 웨건이 할 수 있는 온갖 기술에 대한 브리핑으로 20여 분을 소모했다.

"이 정도면 다들 어느 정도의 아티팩트인지 아셨으리라 생각합니다. 입찰 시작하겠습니다."

"아! 그전에 한 가지 질문이 있소이다."

"말씀하시지요."

"1년에 몇 대의 매직 웨건을 수입할 수 있는 것인지 알고 싶소이다. 생각보다 대수가 적다면 낭패이지 않겠소?"

"그건 그렇겠군요. 기본형은 300대. 고급형은 사전 주문을 받아 생산하는 것으로 해서 100대까지 가능합니다."

"오오! 고급형은 사전 주문을 받는다는 말씀이시오?"

"그렇습니다. 구매자가 원하는 것이 있으면 그대로 생산을 할 겁니다. 예를 들어서 매직 웨건의 옆면에 가문의 문장을 새겨 넣는다던지 하는 것 말입니다."

이미 매직 웨건의 가격은 기본형이 3만 골드로 책정되었음으로 알려져 있었다. 고급형은 그보다 비싼 5만 골드로 워리어급 기간트와 가격이 엇비슷했다. 샤베른의 가격이 1만 골드가 안 되는 것을 생각하면 엄청난 가격대였다.

"총판 권한의 입찰을 시작합니다. 시작가는 1만 골드입니다. 호가는 5천 골드로 합니다. 입찰하실 분 계십니까?"

척! 처척! 척척!

사방에서 번호가 매겨진 팻말이 올라왔다. 한 번 올라올 때마다 샤르딘 백작의 입에서 5천 골드씩 뛰어오른 입찰 가격이 외쳐졌다.

'엄청나네. 벌써 10만 골드에 육박하다니.'

총판매권을 파는 것임에도 이렇게 가격이 높게 부르는 것은 샤르딘 백작도 의외였다. 이미 가격이 정해져 있어서 그리 많은 이문을 덧붙이지 못할 것이니 말이었다.

"37번! 10만 골드! 이제부터 호가를 1만 골드로 합니다. 81번! 11만 골드! 9번! 12만 골드!"

빠르게 호가가 올라가고 계속해서 외치는 샤르딘 백작의 얼굴에는 웃음꽃이 활짝 피었다. 안 그래도 가난하게 시작한 나라인 탓에 돈 들어갈 일만 생겨도 경기를 일으키는 요즘이었다. 그런데 이렇게 돈이 잔뜩 들어온다니 싫을 이유가 없다.

'더더! 더 올려라! 더더!'

내심 100만 골드쯤 불러주기를 바라며 샤르딘 백작은 미친 듯이 번호와 가격을 외쳤다.

"2번! 57만 골드! 5번, 58만!"

중반을 넘어가자 대부분의 귀족과 상단은 떨어져 나갔다. 이제 남은 것은 3명이었는데 하나같이 체이스 제국의 유력 귀족 가문들이었다.

"귀찮게 하지 말고, 100만 골드!"

"헛! 2번 100만 골드 부르셨습니다. 100만 골드! 더 없으시면 2번 고객께 낙찰됩니다."

"으득… 110만!"

"5번! 110만! 나왔습니다. 더 없으시……"

"150만 골드로 하지."

중후한 음성으로 150만 골드를 외치는 2번 푯말의 주인공에게 모두의 시선이 꽂혔다. 매직 웨건이 시장에 나오면 분명 귀족들이 앞을 다투어 살 것이라는 건 모두가 알고 있었다. 그런데 그 정도의 돈을 내고 총판권을 획득할 필요가 있는지는 모두가 의문이었다.

"더 없으시면 5번 고객님께 낙찰됩니다. 셋! 둘! 하나! 5번 고객님 축하드립니다. 낙찰되었습니다."

땅땅땅!

의사봉을 두드리는 샤르딘 백작은 5번 푯말의 주인공이 누구인지 유심히 살폈다. 가면으로 가리고 있었지만 대강 누구인지 어렵지 않게 파악할 수 있었다.

'라펠러 공작가의 인물이로군. 역시 황실이 나선 것인가?'

귀족들에게 팔더라도 우선적으로 황제와 그 측근들, 그리고 황제파의 귀족들에게 팔려는 것이 이유라고 추측했다. 하지만 누가 되었든 원하는 것을 아주 후하게 얻었으니 그걸로 족했다. 이제 여기서 얻은 돈으로 나라를 더욱 부강하게 만드는 작업을 진행할 수 있을 것이었다.

9장

본격적인 개발

　무슨 일을 하더라도 필요한 것은 돈이었다. 그 돈이 씨가 말랐던 레이너 공국에 대규모 자금이 들어오자 지지부진하던 개발이 폭발적인 탄력을 보이며 이루어졌다.

　"지난달 수익이 비약적인 증가를 보였는데 이유가 뭐요?"

　이안은 보고서를 읽다 이해가 가지 않는 부분이 있어서 물었다. 재무성장인 돌튼 백작은 뒤쪽에 서 있는 재무성 관리를 향해 손짓했다. 성장이 모든 것을 파악할 수는 없는 일이지 않던가.

　"재무성 제2국장인 스털크입니다, 전하!"

"말하시오."

"헬카이드 산맥에 투입된 다크엘프와 수인족 전사들의 토벌 작전의 결과에 따른 것입니다."

"두 부족이?"

"몬스터를 대량으로 토벌하면서 얻은 부산물들과 가죽 등을 판매하여 얻은 수익이 엄청납니다. 총 37만 골드 정도 됩니다, 전하!"

"그렇게 많단 말인가?"

"인간들로서는 엄두를 내지 못할 일인데 두 부족의 전사분들은 모두 익스퍼트급을 넘으니 대형 몬스터까지 쉽게 잡아서 그런 걸로 추측됩니다."

"흐음……."

몬스터들의 사체는 꽤나 좋은 가격에 판매되는 물품 중에 하나였다. 레이너 공국에도 마법사들이 400여 명에 달하는 터라 그 부산물의 수요가 많았다. 그렇다 해도 트롤 이상의 대형 몬스터들의 사체 판매로 얻은 수익이 상당히 높다는 것에 살짝 놀랐다.

'이거 본격적으로 몬스터 토벌을 해야 하려나? 돈은 아무리 끌어와도 휙휙 사라져 버리니 원.'

돈이 하늘에서 뚝 하고 떨어졌으면 하는 심정이 지금 이안이 느끼고 있는 절실함이었다. 나라를 운영한다는 것이 이렇게도 어려운 일인지 이전에는 정말 몰랐었다. 세금을 걷을 수 없는 난민 수준의 백성들을 이끌고 가는 일이기에 더욱 그러했다.

"두 부족이 필요한 것이 무엇인지 알아보고 최대한 지원하도록 하시오. 지금 상황에서 큰 역할을 해주는 건데 말이지."

"예, 전하."

돌튼 재무성장도 두 부족이 몬스터를 토벌해서 벌어들이는 수익이 엄청난 것에 내심 신경을 써줘야겠다고 생각했다. 매직 웨건이 본격적으로 판매되면 문제가 아니겠지만 지금 상황에서는 수익이 나올 곳이 그리 많지 않았으니 말이다.

"저, 전하!"

"응? 내무성장도 할 말이 있소?"

내무성장인 마이어 자작은 락토르 행정 아카데미의 교수로 있던 이를 스카우트했다. 그의 인맥으로 락토르의 행정 관료들이 꽤 많이 유입되어 관리 부족 현상을 일정 부분 해결할 수 있었다.

"전에 농토를 만들기 위해서 대량으로 만들어낸 키메라 웜 때문에 드릴 말씀이 있사옵니다."

"키메라 웜? 무슨 문제라도 일으킨 것이오?"

키메라 웜은 사람에게 문제를 일으키지 않도록 공격성을 없앤 생명체였다. 땅에 녹아 있는 마나를 빨아먹으며 생장하도록 만들어졌기에 인간을 공격할 이유가 없었다.

"다른 문제는 없사온데 너무 빨리 자라는 것이 문제라면 문제입니다. 그리고 번식도 빠르옵니다."

"번식과 성장이라… 흐음……."

성체가 되면 2미터 가까이 성장하는 키메라 웜은 남아도는 체력과 마나를 모두 번식에 쏟는 특성을 보였다. 처음 포름 밭을 만들 때 투입됐던 키메라 웜이 이제는 수만 마리가 넘는 상황에 이르렀다.

"이대로 가다가는 전 국토가 키메라 웜으로 가득 찰 것이 옵니다. 문제를 미연에 방지해야 할 것 같아 드리는 보고이옵니다."

"알겠소. 내 가논 경과 함께 연구를 해보리다."

"네, 전하."

키메라 웜이 분명 국토의 개발에는 도움을 주고 있는 것은 분명했다. 나중에 문제가 되기 전에 그것을 미연에 방지하자는 것이니 신경을 써야 할 것이었다.

'지력을 돋우는 일을 해야 하니 키메라 웜의 숫자를 어느 정도는 유지해야 하는데… 어떻게 한다?'

방법을 생각해 봐도 나오는 답은 하나였다. 키메라 웜을 죽여서 숫자를 유지하는 방법이 유일했다. 그렇다고 또 다른 마법적인 조작을 하자니 지금으로서는 방법도 없었고 자칫 만들어진 키메라 웜에게 문제가 생길 수도 있었다.

'가만… 키메라 웜의 사체도 돈이 되지 않을까?'

키메라이기는 했지만 키메라 웜이 먹는 것은 땅에 녹아 있는 마나를 흡수하는 것이었다. 그러니 자연 키메라 웜에는 엄청나게 많은 마나가 녹아 있을 것이었다.

'가만… 인공 마나석!'

레이첼이 만든 인공 마나석에 대한 것은 어느 정도 실마리가 풀려가고 있었다. 수정에 마나 집적진과 유지 마법을 새겨서 인공적으로 마나를 축적하게 만드는 것임을 말이다. 아레나의 던전에 모여드는 어마어마한 마나를 인공적으로 불어넣는 방법이 지금까지는 인공 마나석을 채워 넣는 유일한 방법이었다.

그런데 생각을 해보니 그 방법이 아니더라도 새로운 방법을 쓸 수 있을 것 같았다. 바로 키메라 웜에 인공 마나석을 심고 쌓이는 마나를 성장과 번식이 아닌 마나석을 채우는 것으로 사용하게 하면 해결되는 문제였다.

'그렇게 하면 되겠어. 앞으로 마나석의 소모도 지금까지와는 비교도 안 되게 늘어나게 될 것이니 말이야.'

매직 웨건이 본격적으로 팔리는 날이 오면 기간트에만 쓰이기에도 모자란 마나석의 품귀 현상이 크게 벌어지게 될 것이었다. 그럴 때 인공 마나석에 대한 것을 발표하고 판매를 한다면 대박이었다. 키메라 웜과 인공 마나석의 조합은 다른 나라에서도 따라 만든다고 해도 수많은 시행착오를 겪어야 할 것이니 말이다.

'시간 싸움이다. 다른 곳에서 따라할 수 있을 때 즈음에는 더 뛰어난 마법 공학을 만들어내면 그만이니.'

이안은 회심의 미소를 지으며 가논이 연구하고 있는 아레나의 연구실로 향했다.

쾅앙! 퍼퍼퍼퍼펑!

강력한 폭음과 함께 터져 나가는 매직 웨건이 미친 듯한 불길을 뿜어냈다. 강철판이 녹아버릴 정도로 푸른 불길은 멀리 떨어진 사람의 피부를 화끈거리게 할 정도였다.

"으악! 또! 또! 폭발하다니!"

아르제온 후작은 매직 웨건을 복제하기 위해서 마법진과 마너 코어의 해체를 시도했다. 그러나 번번이 폭발하면서 모든 마법진과 마너 코어가 녹아버리는 것으로 끝을 맺었다. 이번에도 굴지의 마법사와 최고의 대장장이라는 자들을 동원해서 시도했는데 또 폭발해 버린 것이었다.

"으득… 이 빌어먹을 새끼들이……."

황실 마탑에 배정된 매직 웨건 10대를 모두 파괴해 먹은 아르제온 후작은 분노로 이성을 잃어버렸다. 닥치는 대로 마법

을 난사하며 파괴되고 있는 매직 웨건을 가루로 만들어 버렸
다.

"탑주님! 탑주니임!"

분노가 어느 정도 풀려갈 무렵 자신을 부르는 목소리에 아
르제온 후작은 흐트러진 옷매무새와 머리카락을 단정하게 매
만졌다. 자신이 이렇게 망가진 모습을 아랫사람들에게 보일
수 없다는 의지가 그를 더욱 더 진정시켜 주었다.

"무슨 일인가?"

"이것 좀 보십시오."

"응? 그게 뭔가? 마나석 같은데 말이야. 흠! 뭔가 다른 거
같기도 하고."

"마나석입니다. 레이너 공국이 세운 레이첼 마탑에서 보내
온 인공 마나석입니다."

"뭐라? 인공 마나석? 헐!"

인공 마나석이라는 말에 아르제온 후작은 눈을 부릅떴다.
지금까지 수많은 마탑에서 엄청난 재원을 퍼부어가며 연구한
것이 바로 인공 마나석을 만드는 것이었다. 그런데 그 어떤
마탑도 인공 마나석을 만들어내지 못했었다. 물론 어떤 방식
으로 해야 할지에 대한 개념 정도는 잡혀 있었다.

"정말 인공 마나석이 맞나?"

"제가 보기에는 맞습니다. 이건 마나석이 아닌 수정인데

안에 담겨 있는 마나의 양은 중급의 마나석에 준하는 마나가 담겨 있습니다."

"허허… 어떻게 이런 일이……."

분노를 할 염치가 스스로에게 없었다. 자신의 실력으로는 어떻게 할 수도 없는 것들을 척척 만들어내고 발표하는 레이너 공국의 마법 실력에 시기를 보낼 수조차 없었다.

'뭔가 있다. 이런 물품들이 하루아침에 뚝딱하고 만들어질 리는 없지 않은가? 혹… 마도 시대의 던전이라도 발견된 것은 아닐까? 그렇다면 모든 것이 설명이 가능한데 말이야.'

수천 년 전에 멸망한 것으로 알려진 마도 시대는 지금과는 달리 9클래스의 대마법사가 흔했던 것으로 알려져 있었다. 어떤 이유로 망했는지에 대한 의견은 분분한데 교만해진 인간들이 신의 영역을 침범하려다 신의 징벌을 받아서 그랬다는 설이 유력했다. 그리고 그때의 기록과 유물들은 신들이 모두 수거해 갔다고 전해졌다.

그러나 가끔 고클래스의 아티팩트가 아닌 중간 클래스 이하의 아티팩트가 출토되었는데 그런 아티팩트마저 지금의 마도공학으로는 만들어낼 수 없는 고차원적인 물품이었다. 만약 레이너 공국에서 지금까지와는 다르게 고클래스의 유물을 대량으로 발굴했다면 이 모든 것이 설명 가능했다.

"이대로는 안 되겠어. 특단의 조치를 취해야지."

"어떻게 하시려고 하십니까?"

"어떻게 하긴 뭘 어떻게 해. 첩자를 보내든! 힘으로 찍어 눌러서라도 토해내게 해야지."

"가능하겠습니까?"

"제까짓 놈들이 버텨봤자 얼마나 버티겠나. 세 나라가 힘을 합한다면 그 정도는 얼마든지 찍어 누를 수 있음이야."

아르제온 후작의 말에 마법사들은 제발 그렇게 되기만을 바랐다. 너무도 뛰어난 아티팩트들을 대량으로 생산해 내는 레이너 공국 때문에 자신들이 설 자리가 없어지는 상황이었다. 설령 버텨낸다고 해도 무능한 자들이라는 손가락질을 언제까지 받아야 할지 두려움이 앞섰다. 그것을 타개하기 위해서라도 반드시 아르제온 후작의 말대로 되어야 할 것이었다.

─마스터! 락토르 왕실 마탑주인 이실리스 후작이 방문한다는 연락이 왔습니다.

이안은 아레나의 던전에 마련된 가논의 연구실에서 함께 키메라 웜을 개량하는 연구를 하고 있었다. 키메라 웜으로 인해서 인공 마나석을 채울 수 있는 방법을 만들어낸 이후 그 사체를 이용한 돈벌이에 나선 것이었다.

"이실리스 후작이? 언제 온다는 전언은 없었나?"

─오후에 포탈을 이용해서 온다고 했습니다.

"흠! 오후라… 바로 가야겠군. 알았다. 알려줘서 고마워."

―별말씀을. 전 오로지 마스터를 위해 존재하는걸요.

아레나의 말에 이안은 빙그레 미소를 지었다. 그 어떤 사람보다 충직하게 자신을 서포트해 주는 아레나의 인공지능이 고마울 뿐이었다.

"오늘 연구는 여기까지 합시다."

"그래도 상당한 진척이 있었습니다, 전하."

"그러게 말이오. 키메라 웜의 사체를 이렇게 유용하게 쓸 수 있을지 누가 알았겠소. 후후후!"

이안은 이계인의 기억 속에 있는 비누라는 물품을 키메라 웜의 사체를 이용해서 만들어낼 수 있었다. 기름덩어리라고 할 수 있는 키메라 웜의 몸체를 이용해 만들 수 있는 것들 중에서 가장 상품성이 있는 것이 바로 비누라고 생각했다. 그래서 소금이 대량으로 필요했고, 때문에 매직 웨건을 미끼로 체이스 제국으로부터 바닷가에 위치한 땅을 조차했던 것이었다.

'이제 비누라는 것이 팔려 나가기 시작하면 부족한 재정이 채워지겠지.'

그러기 위해서 이안은 이계인의 지식을 이용하여 염전이라는 것을 이 세상에 만들어야 했다. 바닷물을 끓여서 소금을 얻는 지금의 방식은 돈도 많이 들고 손도 많이 갔지만 염전이 보급되면 또 다른 세상이 펼쳐지게 될 것이었다.

"나는 이실리스 후작을 만나러 갈 것이니 가논 경은 조금 더 뛰어난 물건을 만들어 보시구려."

"염려하지 마십시오, 전하!"

"그럼 믿고 가리다."

가논의 배웅을 받으며 던전을 나선 이안은 곧바로 이실리스 후작이 도착할 옛 독립여단의 본부로 이동했다. 왕궁이 완성되기 전까지 대외적인 레이너 공국의 왕궁은 그곳이었으니 말이다.

"충! 전하를 뵈옵니다!"

근위기사단으로 승격한 레이너 가문의 기사들은 전보다 한 단계 이상 발전한 모습을 보였다. 떠돌이 방랑 기사 신분이거나 자유 기사의 신분이었던 그들은 레이너 가문의 마나 호흡법과 검술을 간략하게 개조한 것을 익혔다. 익힌 시간은 짧았지만 그 어떤 것보다 효율이 뛰어난 덕분에 일취월장한 실력을 뽐냈다.

"그래, 이실리스 후작은 도착했는가?"

"네, 기다리고 있습니다."

"알겠네. 수고하게."

"추웅!"

기사들의 충직한 인사를 받으며 이안은 대회의실로 사용

하던 곳에 들어섰다. 안에는 이실리스 후작만이 아니라 몇 번 스치듯이 본 듯한 사람들이 여럿 같이 있었다.

'모두 마법사들인 듯한데… 무슨 일이지?'

의문이 앞서는 방문이었지만 이안은 차분하게 그들에게 다가갔다.

"공왕 전하를 뵙니다."

"어서 오세요, 이실리스 후작!"

이실리스 후작은 정중하게 인사를 한 후 자신과 같이 온 자들을 소개했다.

"이쪽은 적마탑의 탑주인 헤일로 백작입니다. 인사드리시게."

"에르반 폰 헤일로 백작입니다. 전하!"

"만나서 반갑소. 헤일로 백작."

"서모닝 학파의 학파장인 제미니 백작입니다. 인사드리시오."

그렇게 소개를 받은 마법사들은 모두 6클래스 이상의 마법사들이었다. 모두 5명의 고위 마법사들이 방문한 이유가 궁금해지는 순간이었다.

"인사는 이쯤 했으면 된 거 같고. 방문한 이유를 말해주겠소?"

이안의 물음에 이실리스 후작은 조금은 강경한 발언을 하며 그를 놀라게 만들었다.

"마도 시대의 던전을 발굴하셨다는 소문이 돌고 있습니다. 그 유물들로 매직 웨건을 비롯한 인공 마나석을 만드셨다지요? 마법의 발전을 위해서 모두에게 공유를 해주셔야겠습니다."

너무도 당연하다는 듯한 그의 요구에 이안은 어이가 없었다. 그러나 이들이 이런 오해를 할 만도 하다는 생각에 그저 비릿한 조소를 입가에 걸었다.

한 번에 이들이 다시는 의심하지 못하도록 만들어야 했다. 그렇다고 다른 쪽으로 새로운 의심이나 협잡질을 할 수 없도록 단단하게 못 박는 것도 필요했다.

"지금 내가 마도 시대의 던전을 발굴해서 이런 성취를 일궈냈다고 생각하는 것이오?"

"처음에는 믿지 않았지만 그게 아니라면 도저히 지금 공국에서 생산해 내는 것들은 말이 되질 않습니다. 안 그렇습니까?"

다 알고 있다. 그러니 거짓말하지 말고 마도 시대의 유물을 내놓아라. 후작의 눈빛은 꼭 그런 이야기를 하고 있는 듯했다.

"마도 시대의 유물이라. 그런 것이 있으면 나도 보고 싶군."

"공왕 전하!"

"왜? 내가 거짓말이라도 하는 거 같나?"

"모든 마탑들을 적으로 돌리시려는 겁니까?"

이실리스 후작은 마법사들의 단합된 힘을 과시해서라도 레이너 공국을 굴복시킬 생각이었다. 이런 일에 한해서는 모든 마탑들이 똘똘 뭉치는 성향을 보였으니 어려운 일도 아닐 것이었다.

"감히! 하찮은 것들이 나를 겁박하려 하는가!"

후웅! 쿠쿠쿠쿠쿠쿵!

이안의 전신에서 뿜어져 나오는 거대한 마력이 이실리스 후작을 찍어 누르기 시작했다. 그것은 그 뒤에 서 있는 마탑주들도 마찬가지였다.

"헉! 마, 마력이……."

"마력장을 펼치시오, 어서!"

마탑주들은 이안이 마력장을 펼쳐서 찍어 누르려는 것에 급히 대항했다. 이실리스 후작이 7서클이었고 적마탑의 탑주인 헤일로 백작 역시 7서클의 마도사였다. 나머지는 아직 탑주의 자격이 없는 6서클임에도 탑주라 칭하는 얼치기들이었다. 하지만 그런 그들이 일제히 마력장을 뿜어내며 이안의 마력장에 대항하는 것이라 제법 강력한 힘이라 할 만했다.

"어리석은 짓은 그만두시오. 고작 혼자서 우리 모두를 상대할… 헉!"

이실리스 후작은 이안의 경지가 느껴지지 않았지만 마스터의 경지에 이른 기사이기도 하기에 그러려니 했다. 마나심법의 특성상 외부에서 그것을 감지하기 어려운 것들이 종종 있었기 때문이었다.

"너희들 따위가 나를 어찌할 수 있을 거 같더냐? 고작 7서클을 이룬 것이 뭐가 그리 대단하다 생각하는 것이냐!"

이안의 일갈에 이실리스 후작은 자신의 생각이 잘못되었다는 것을 뼈저리게 느꼈다. 이안의 힘은 점점 더 강력해졌고 이내 자신들의 마력장을 종잇장처럼 찢어발기며 거대한 역도가 밀려들었다.

"8서클의 경지를 개척한 나다. 그런 나에게 감히 너희가 대적하려 함이더냐!"

"크윽……."

"요, 용서를……."

이실리스 후작과 마탑주들은 이안의 손짓에 의해서 발현되는 8서클의 각인 마법에 머릿속이 하얗게 변해 버렸다. 드래곤이 사라진 이후 8클래스에 이른 마법사가 등장하지 않았었다. 그러나 지금 눈앞에 서 있는 이는 그 경지에 오른 이였다.

"아직도 내가 마도 시대의 유물을 발견했다고 여기는가?"

"아, 아닙니다. 대현자시여!"

이실리스 후작은 8서클의 마법사로 이안을 인정했다. 지금 상황에서 그 누구도 오르지 못할 경지를 개척한 이에게 마법사라면 누구나 고개를 숙이고 그렇게 불러야 함이 마땅했다.

"허억! 허억⋯ 살려주셔서 감사합니다."

"무례를 용서하십시오."

탑주들은 이안이 마력장을 풀자 그제야 전신이 가루가 되는 듯한 고통에서 벗어났다. 숨을 헐떡이며 무릎을 꿇은 그들은 이안에게 사죄하며 용서를 구했다.

"지난 천 년 동안 마법의 8서클의 경지를 개척한 분이 없으셨기에 생각하지도 못했습니다. 그러니 저희들의 심정도 이해를 해주셨으면 합니다."

"아니, 틀렸다."

"네? 뭐, 뭐를 말씀하시는지⋯⋯."

"8서클이 아니라 마법의 극에 달한 사람은 존재했다. 내가 세운 레이첼 마탑의 시조이신 프록시나 폰 레이첼 님이시다."

"헉⋯ 그럴 수가⋯⋯."

프록시나 폰 레이첼이라는 이름은 이실리스 후작도 책에서 읽은 기억이 있었다. 락토르의 이전 왕국이었던 리하르트 왕국의 마지막 무렵에 등장했던 마도사였다. 왕국의 멸망과 함께 묻혀 버린 이름이었기에 그 레이첼을 따서 마탑의 이름을 지었으리라고는 생각조차 하지 못했었다.

"이것은 레이첼 님이 남긴 9클래스의 마법서다. 나는 이걸로 8서클의 경지에 도달할 수 있었다. 이젠 믿겠느냐!"

"헉! 9클래스의 마법서… 꿀꺽!"

"하, 한 번만… 흐윽……."

마탑주들은 9클래스의 마법서라는 말에 더 이상 커질 수 없을 정도로 두 눈을 치떴다. 격동으로 물들어가는 그들의 눈빛은 마법서를 볼 수 있다면 영혼이라도 팔 기세였다.

"그만 돌아가라. 너희들의 무례를 벌하지 않는 것을 다행으로 여겨라. 알겠는가!"

"네? 네네."

"…감사합니다."

마탑주들은 이안의 폭압적인 기세에 억눌려 정신을 차릴 수 없었다. 그리고 자신들이 왜 그런 선택을 했는지 스스로를 죽이고 싶을 만큼 좌절감에 빠져들었다.

레이너 공국의 공왕이 레이첼이 남긴 9클래스의 마법서를 통해 8서클의 경지를 개척했다는 소문이 일파만파로 퍼져 나갔다. 이실리스 후작을 비롯한 락토르의 마탑주들이 그것이 사실임을 증언했고 마도 시대의 유물을 발굴했다는 소문은 순식간에 사라져 버렸다.

"전하, 오늘만 해도 30여 명이 넘는 마법사들이 공국으로 귀의하기를 청해왔사옵니다."

"그렇게 많이 왔다는 소리요?"

"그렇사옵니다. 레이첼 님이 남긴 9클래스의 마법서가 존재한다는 것이 퍼진 탓에 날이 갈수록 그 숫자는 늘어날 것으로 생각하고 있사옵니다."

로이건 후작은 공손하게 이안에게 대답했다. 그 이전에도 충직하고 공손했었지만 이제는 경건하게 대한다고 해야 할 정도로 극도의 경의를 표하고 있었다.

"첩자가 다수 끼어 있다는 첩보가 있습니다. 그러니 아무나 받아들여서는 안 될 것입니다."

샐리는 정보국장으로서 조금은 관록이 붙은 모습이었다. 대신들 가운데 유일한 홍일점이라 조금은 얕보이는 경향이 있었지만 그것을 당찬 행동과 일 처리 능력으로 뛰어넘는 모습이 보기에 좋았다.

"첩자… 그렇겠지. 어떻게든 매직 웨건과 인공 마나석에 대한 것을 알아내고자 할 테니까 말이야."

"의심은 가지만 가려낼 방법이 현재로서는 없습니다. 워낙 깔끔하게 신분 세탁을 해서 왔을 테니까요."

"아아! 그건 걱정하지 말라고. 다 가려낼 방법이 있으니까 말이야."

이안도 샐리에게만큼은 예전과 같은 친근한 말투로 이야기했다. 여자인 것도 있지만 나이대가 비슷하다는 점 또한 자신도 모르게 친근하게 대하는 요인이었다.

"마이어 자작!"

"네, 전하!"

"왕성의 축조는 어느 정도나 진행이 되고 있소?"

"현재 8할의 진행도를 보이고 있사옵니다. 늦어도 다음 달이면 왕궁으로 이주할 수 있을 것이옵니다."

"왕궁이 먼저 만들어지는 것인가?"

"그러하옵니다. 언제까지 여기서 지내게 해드릴 수는 없다는 판단하에 왕궁부터 건설하고 있사옵니다."

왕궁이라고 해봐야 독립여단의 주둔지에 세워진 요새를 사용하는 중이었다. 내전 당시 남아 있는 공국 내의 도시는 버넨시가 유일했는데 그곳의 가장 큰 건물도 왕궁으로 사용하기에는 민망한 수준에 불과했다. 헥토르 후작의 영주성이 불타서 파괴된 것을 시작으로 대부분의 영지의 성들이 내전 당시에 소멸된 여파였다.

"왕궁은 급한 것이 아니니 내가 명한 대로 공장 건물을 먼저 세우도록 하시오. 자금이 많이 소요되더라도 그것이 우선이오. 아시겠소?"

"예, 그리하겠사옵니다."

독립 여단의 주둔지 남쪽에 버넨시가 있고 서남쪽으로 20㎞ 정도 떨어진 곳에 왕성이 축조되고 있었다. 헬카이드의 배꼽 근처에서 그리 멀지 않은 곳에 세울 예정인 공장 건물들은 대단위 공장 지대로 만들 예정이었다. 그를 위해서 드워프 장인들의 설계와 지휘를 받아 최대한 빠르게 진행되는 중이었다.

"다음은 식량 문제가 어느 정도 해결이 됐는지 궁금하군."

이안의 관심은 마법과 백성들의 굶주림 해결에 있었다. 국방 문제는 헥토르 후작과 이종족 전사들, 그리고 마동포 탑재 샤베른으로 충분했기에 두 가지에 매진할 수 있었다.

"키메라 웜으로 개간한 토지가 국토의 1/3에 달하옵니다. 그곳에서 생산되는 포름이 1차 출하가 된 상태이옵니다."

포름을 심기 시작한 지 이제 두달 여가 흘러가는 시점이었다. 토질의 극대화와 로아의 신전에서 파견된 사제들이 신성력이 고갈될 때까지 퍼부은 축성 주문까지 더해져서 생산량은 기대치를 훨씬 웃돌았다.

"그래 양이 어느 정도나 나왔나?"

"43개 집단 농장에서 나온 양이 모두 5만 톤에 달하옵니다."

"5만 톤이라… 으음……."

일견 많은 양 같지만 백성들의 숫자를 생각하면 1인당 50㎏

에 불과한 숫자였다. 포름의 수확은 이제 2차 수확이 남아 있을 뿐이고 그 양도 엇비슷할 것을 생각한다면 겨울을 나는 것은 간신히 할 수 있을 정도였다.

'필요한 것은 이제 양질의 고기를 먹을 수 있게 하는 건가?'

겨울을 넘기고 봄이 오면 밀을 대량으로 심을 수 있는 기반은 마련되어 있었다. 아마 내년 이 즈음에는 식량이 남아돌아서 수출하는 나라가 될 것이 분명했다.

"이제 슬슬 집단 목장도 만들어야겠소. 특히 닭을 대량으로 키우는 것을 고려해야 할 것이오."

"닭을 말씀이십니까? 지금도 각 농가에서 닭을 키우고는 있사옵니다만."

"그렇게 키워서는 가격이 비싸서 먹기보다는 팔기에 급급한 것이 지금 실정일 것이오. 그러니 대량으로 키우는 집단 목장을 만들어서 고기의 가격을 낮춰야 하오. 그래야 백성들을 잘 먹일 수 있지."

이계인의 기억을 통해서 집단 목장을 했을 경우 어떤 폐해가 있는지 대강은 파악할 수 있었다. 그런 폐해를 마법적인 처리로 해결할 수만 있다면 안전하고 파격적인 가격의 하락을 유도할 수 있을 것이 분명했다.

지금 이 세상은 너무도 못 먹고 굶주리는 이들이 많은 탓에 평균 키가 160㎝ 정도밖에 안 되었다. 더 크고 강한 종족이 되려면 현재로서는 집단 농장과 목장을 통해서 배불리 먹을 수 있도록 해야 했다. 그것이 왕이 된 자가 최우선으로 해야 할 일이라 여기는 이안이었다.

"아 참! 그리고 조만간에 조차한 델모어 영지로 치안을 유지할 병력과 염전을 만들 장인들을 보내야겠소. 그러니 그에 맞는 준비를 갖춰주시오."

"저, 전하. 염전이라는 것이 정말 가능하겠사옵니까?"

마이어 자작은 바닷물을 끓여서 소금을 얻어내는 것만 알고 있었다. 그런데 염전을 만들어서 대량으로 소금을 얻어낼 수 있다고 하니 약간은 걱정이 되는 모양이었다.

"물론 가능하오. 그러니 걱정 말고 준비하도록 하시오."

"예, 그리하겠사옵니다."

조만간 염전을 만드는 일을 지휘하러 델모어 영지로 가야 할 것이었다. 가장 처음에 기본적인 것을 만드는 모습을 보여주어야 따라하는 것이 가능할 것이니 말이었다.

'바다 생선들도 공수해 올 수만 있다면 많은 도움이 될 것인데… 염장이라는 것을 하면 더 나으려나?'

염장으로 생선이 상하지 않게 해서 포탈 마법진을 이용해 대량으로 수송해 오는 방법을 생각했다. 아공간 가방을 만들어서 그 안에 대량으로 보관해 가지고 오면 그리 많은 마나석의 소모도 없을 것이었다.

'생각해 볼 문제로군.'

다른 나라에서는 상상도 할 수 없는 아공간 가방을 생선 옮기는 것에 쓸 생각을 하는 이안이었다. 누군가가 들었다면 미쳤다고 할 수도 있지만 그렇게 하는 것이 훨씬 이득이 남는다면 하면 된다고 생각할 뿐이었다. 거기다 아공간 가방을 만드는 일은 언제든 손쉽게 할 수 있는 능력이 있으니 말이다.

"전하! 급보이옵니다."

"급보라니. 어서 말해보라."

"수인족과 다크엘프 전사들이 개척 중인 헬카이드 산맥에서 드레이크가 출몰했다고 하옵니다. 그 때문에 희생자가 여럿 발생했다는 보고이옵니다."

"드레이크? 이런……."

드레이크는 드래곤이 사라진 이 대륙에서 가장 상위에 있는 몬스터였다. 길이만 해도 30여 미터에 이르는 거대한 몸체를 가졌고 어지간한 마법 면역에 오러가 아닌 다음에야 상처도 낼 수 없는 단단함을 소유했다. 거기다 드래곤 정도는 아니더라도 브레스를 쓸 수 있는 괴수급의 몬스터였다.

'칼라로는 힘들겠지?'

칼라가 마스터라고 해도 하늘을 날아서 공격하는 드레이크를 어떻게 처리할 방법은 없을 것이었다. 고작해야 정령사들이 쫓아내는 정도일 것인데 그것으로는 피해만 계속해서 쌓일 뿐이었다.

"오늘은 여기까지 합시다. 내가 직접 가야 할 듯하니."

"예, 전하. 무리하지 마시옵소서. 지금까지 개척한 곳만 해도 충분히 넓사옵니다."

드레이크가 나오는 곳은 헬카이드의 배꼽에서 70㎞ 정도 북쪽으로 올라간 지점이었다. 지금껏 누구도 개척하지 못한 영역이었고 그 안에 발견된 광산 후보지는 공국의 미래를 책임질 것으로 기대하고 있었다.

"걱정하지 마시오. 금방 다녀올 터이니. 후후후!"

이안은 드레이크가 얼마나 강력한 놈인지 직접 싸워볼 생각이었다. 그리고 제압할 수만 있다면 길들이는 것도 좋겠다는 어렴풋한 기대를 가졌다.

'꽤 멋지지 않겠는가? 하늘의 제왕 드레이크를 타고 다니는 것 말이지.'

그는 그런 기대를 하며 공간 이동으로 수인족 전사들이 개척하고 있는 최전선으로 날아갔다.

10장

저놈들, 뭐지?

  이안은 곧장 텔레포트 마법으로 개척을 위한 베이스캠프가 마련된 곳으로 날아갔다. 임시 왕성으로 사용하는 독립여단 주둔지에서 70㎞ 정도 떨어진 곳이라 이동 시간은 10초도 걸리지 않았다.

  "어서 오십시오, 마스터!"

  "기다리고 있었습니다."

  이종족들로 구성된 개척단은 모두 5천여 명에 불과했지만 그 모두가 기사급 이상의 실력을 지닌 존재들이었다. 이들을 투입한다면 10만 대군도 하룻밤 사이에 전멸시킬 수 있을 정도의 전투력이었다.

"사상자가 발생했다고?"

"송구합니다. 일족의 전사 30여 명이 죽거나 중상을 입었습니다."

칼라가 머리를 조아리며 마치 자신의 잘못이라는 듯이 사과했다. 일족을 데리고 귀의한 이래 이안과 레이너 공국의 전폭적인 지원을 받으며 개척에 나섰다. 그 개척은 광산을 개발하려는 이안의 의도와 영역을 차지하려는 다크엘프 일족의 염원이 맞물려 이루어졌다. 그런데 이렇게 피해를 입게 되니 주인인 이안에게 미안해하는 것이었다. 특히 그런 것도 해결하지 못하고 이안을 불렀다는 것도 있을 터였다.

"드레이크를 상대로 그 정도면 다행이라고 해야지. 그래 부상자들의 치료는 어떻게 하고 있나?"

"저희 일족의 주술사들이 치료를 하고 있습니다. 하루 정도면 말끔해질 겁니다, 마스터!"

"그래? 그럼 다행이고."

자신이 직접 치료를 할 생각이었는데 주술사들의 능력이 상당한 것 같았다. 중상자를 말끔하게 치료할 정도라면 앞으로 주술사도 키워볼 만하다는 생각이 들었다. 지금 레이너 공국에는 로아의 신전만 들어와 있었다. 성녀인 아이린이 데리고 온 사제들과 성기사들이 제법 됐지만 그들만으로는 부족한 것도 사실이었다.

'앞으로의 싸움을 생각한다면 주술사라도 키우는 것이 좋겠어. 어떻게 상황이 변화할지 알 수 없으니.'

주술사를 체계적으로 키울 생각을 하며 이안은 칼라에게 시선을 돌렸다.

"드레이크는 어디에 있나?"

"동북쪽에 저 봉우리 보이십니까?"

칼라가 가리키는 곳에는 중간 허리 위쪽으로 온통 눈에 뒤덮여 있는 거대한 봉우리가 보였다. 적어도 해발 4천 미터는 넘어 보이는 그 산은 위엄이 있다는 표현이 어울리는 그런 산이었다.

"저 산봉우리가 놈의 영역입니다. 접근하자마자 공격을 가해온 것을 보면 확실합니다."

칼라의 보고에 이안은 안력을 돋워 산봉우리를 살폈다. 눈으로 뒤덮인 산은 중턱에 거대한 구름이 끼어 있을 뿐 별다른 이상 징후는 보이지 않았다.

'일단 가보면 알겠지.'

지금으로서는 그 어떤 기감에도 드레이크의 존재가 포착되지 않았다. 그러니 직접 가서 보는 수밖에 다른 방법이 없어 보였다.

"일단 여기서 대기하도록 해. 내가 직접 보고 올 테니까."

"마스터… 조심하십시오."

"후후! 걱정하지 말라고. 그깟 놈에게 당할 생각은 없으니까."

이안은 가벼운 손짓으로 칼라의 입가에 미소가 번지게 만들며 공중으로 날아올랐다.

"가자!"

후웅! 쎄에에에에엑!

어느새 나타난 비행 원반이 이안의 발밑을 떠받쳤다. 그리고 순식간에 산봉우리를 향해 날아가며 사방으로 강렬한 기운을 퍼뜨렸다. 그 기운을 포착하고 드레이크가 나타나기를 바라는 것이었다.

드래곤이 사라진 이래 헬카이드 산맥의 지배자는 자신이었다. 그런데 요즘 들어 발톱만 한 인간들이 계속해서 자신의 영역을 침범했다. 극도의 분노로 응징을 가했지만 놈들은 끊임없이 나타나 이제는 자신마저 공격하려고 했다.

—크라라라라라라!

분노의 포효를 터뜨리며 자신의 영역에 서식하는 먹잇감을 공격하는 자들에게 응징을 가했다. 강력한 소성이 터져 나오고 지옥의 불길과도 같은 화염의 숨결이 놈들에게 날아갔다.

"1조는 피해라!"

"2조, 3조는 반격해! 놈을 이번에야말로 때려잡아야 한다!"

"다크 익스플로젼!"

"다크 라이트닝 스피어!"

후웅! 파츠츠츠츠츠츠츳!

50여 명에 달하는 검은 로브의 마법사들은 드레이크의 공격에 방어와 공격을 나눠서 치열한 싸움을 벌이기 시작했다. 일부는 공간 이동으로 이리저리 도망가며 드레이크의 공격을 피해냈다. 그들이 드레이크의 공격을 받는 동안 나머지는 필사적으로 마법을 날리며 반격했다.

―쿠워어어어!

수십 줄기의 마법력이 날아들어 몸체에 직격하자 드레이크는 작은 고통을 느꼈다. 그러나 그런 고통보다 작은 인간들에게 공격을 당했다는 분노가 거친 포효로 터져 나왔다.

화륵! 쏴아아아아!

거센 화염의 불길이 입에서 방사되어 쏘아져 나갔다. 100여 미터가 넘게 뿜어지는 그 화염의 불길은 사방을 온통 불길의 지옥으로 만들어 버렸다.

"크홋!"

"물러서! 보호 마법이 깨질 거 같으면 빠지란 말이다!"

상위 마법사들의 지휘를 받아 일사분란하게 마법 공격으

로 차근차근 드레이크에게 타격을 입혀갔다. 그러나 드레이크에게 통하는 것은 고위급 마법뿐이었고 나머지는 그저 가죽에 생채기를 내는 것도 감지덕지였다.

"시, 실드가… 크아아악!"

사정없이 뿌려지는 화염 브레스 세례에 버티지 못한 마법사 하나가 불길에 휩싸여 죽어나갔다. 그에 동요된 몇몇 마법사들이 전열에서 살짝 물러서자 좌우에서 공격하던 자들에게로 드레이크의 공격 방향이 돌려졌다.

"미친! 2조가 방어에 나선다. 막아!"

"1조는 공격을 가하라. 마력이 다할 때까지 퍼부으란 말이다!"

미친 듯이 마법 공격을 가하던 흑마법사들은 어둠의 기운이 물씬 풍기는 마법들로 허공을 수놓았다.

"카데인 님, 이대로 가다가는 애들만 상하겠습니다. 이만 물러서는 것이 어떻겠습니까?"

검은 로브의 가슴 부근에 7개의 원이 새겨진 자가 공손하게 카데인에게 건의했다. 카데인은 리치답게 붉은 안광을 뿜어내며 쇳소리 가득한 음성으로 답했다.

"크카카카! 그냥 놔둬. 피해를 입더라도 놈을 잡는 것이 우선이니까."

"하오나… 하아… 알겠습니다."

부하들의 생명 따위는 안중에도 없는 리치의 말에 건의했던 흑마법사는 공중에서 벌어지고 있는 싸움으로 다시 눈길을 돌렸다.

"저런저런… 아무래도 제가 가야 할 것 같습니다."

"그러든지."

"감사합니다, 카데인 님!"

7서클의 흑마도사는 프레이든이라는 자로 가논과 함께 정통 흑마법의 계보를 잇는 자였다. 지금 이곳에 파견되어 온 흑마법사들의 대부분이 정통 흑마법사들로, 비주류로 취급받는 자들이었다.

'개자식들… 정통 계보를 잇는 우리들을 화살받이 취급하다니… 으득!'

분노로 일그러진 두 눈에 이글거리는 안광을 흩뿌리며 프레이든은 공중으로 날아올랐다.

"이노옴! 감히 미물 따위가 인간을 해하려 드느냐! 데스사이드!"

후웅! 쇄아아아악!

프레이든이 펼친 공격 마법은 흑마법 중에서 가장 강력한 대인 공격 마법이었다. 어둠의 기운이 뭉쳐진 곳에서 튀어나온 데스 리퍼가 죽음의 낫을 휘둘러 공격했다.

─쿠워어어어어!

지독한 통증에 드레이크는 비명을 내질렀다. 옆구리에 길게 그어진 상처에서 검은 선혈이 흘러내렸다. 처음으로 강력한 일격을 얻어맞은 드레이크는 자신에게 고통을 선사한 적에게 분노를 터뜨렸다.

"그래. 나에게로 오너라! 블링크!"

드레이크가 미친 듯이 날아들자 일정 거리까지 기다렸다가 그대로 블링크 마법으로 빠져나갔다. 허무하게 목표를 놓쳐 버린 드레이크는 발광을 하면서 다른 흑마법사들에게 다시 브레스를 쏘아대며 날뛰기 시작했다.

'헐! 저놈들은 또 뭐야?

이안은 비행 원반에 앉아 멀리서 싸우고 있는 드레이크와 흑마법사들을 살폈다. 어둠의 마력이 난무하는 것 때문에 누가 보더라도 저들이 흑마법사라는 것을 단번에 알 수 있었다.

'대단한 전투다. 특히 저자는 7서클을 이룬 것 같은데 말이야.'

가논을 통해서 흑마법사들이 두 종류로 나뉘고 그들이 사용하는 힘이 다르다는 것을 이제는 정확하게 알았다. 그래서 지금 저기서 날뛰고 있는 드레이크를 상대로 싸우는 흑마법사들이 정통파 흑마법사라는 것을 구분할 수 있었다.

'저들이 가논이 말하던 자신의 일파라는 말이지. 흐음……'

멀리서 보기에도 싸우는 실력이 보통이 아니었다. 타이밍을 딱딱 맞춰가며 공간 이동으로 피하고 바로 반격하는 것을 보니 왜 흑마법사가 전투 마법사라 불리우는지 알 것 같았다.

'저들을 회유하려면… 가만… 저놈은!'

이안은 가논의 일파 사람들을 회유할 생각을 하다가 기감에 포착되는 익숙한 기운에 생각을 멈췄다. 전에 한번 느꼈던 그 기운이었고 자신이 깨우친 혼돈의 기운과 유사한 그것을 풍겨내는 자에 대한 것이었다.

'카데인이라고 했던가? 훗! 여기서 보게 되는군.'

리만 왕국에서 다시 잡으러 갔을 때 이미 도망을 친 후라서 그대로 놓쳐 버린 자였다. 그런 카데인을 여기서 보게 되니 묘한 미소가 그의 입가에 걸렸다.

'오늘은 반드시 잡아주마.'

마음을 굳힌 이안은 곧바로 가논에게로 공간 이동했다. 그 일파의 사람들을 회유하려면 가논을 앞세우는 편이 낫다고 판단한 것이었다.

후웅! 스팟!

"누구… 헉! 전하께서 어쩐 일이십니까?"

가논은 갑자기 공간을 찢고 나오는 이안에게 화들짝 놀랐다. 아레나의 던전은 자신이라고 해도 공간 이동으로 움직일 수 없는 곳이기에 놀란 것이었다.

"아! 놀라게 했다면 미안하오. 그대의 일파 사람들을 발견해서 말이오."

"네? 저희 일파라고 하셨습니까?"

"그렇소. 느껴지는 기운이 그대와 같았소. 다른 흑마법사들은 사악한 기운이 느껴지는데 반해 그대들은 음한 기운일 뿐 악한 기운은 아니니까."

"그렇다면 저희 일파가 맞습니다. 그들은 어디에 있습니까?"

"지금 바로 나와 같이 갑시다. 그들을 회유하는 일을 그대가 해주어야겠소."

"당연히 제가 해야지요. 암요. 제게 맡겨주십시오."

가논은 자신의 일파를 이안이 끌어안으려고 한다는 것에 감격하며 얼른 나섰다.

"갑시다. 메스 텔레포트!"

후웅! 파팟!

두 사람은 순식간에 아레나의 던전에서 공간 이동으로 드레이크가 싸우고 있는 곳을 향해 날아갔다.

"헉!"

"이걸 타면 될 것이오."

이안이 얼른 비행 원반을 꺼내 떨어지려고 하는 가논을 받쳤다. 그러자 진땀을 흘리던 가논은 안도의 한숨을 남몰래 내쉬며 가슴을 쓸어내렸다.

"저기 저자들이 보이시오?"

이안이 가리키는 곳으로 시선을 돌린 가논은 드레이크와 미친 듯이 싸우고 있는 친구를 발견하고 눈빛을 일렁거렸다.

"프레이든… 맞습니다. 제 오랜 친구이자 동지인 프레이든입니다."

"맞다면 다행이오."

"바로 가시지요. 친구를 도와서 드레이크를 잡아야겠습니다."

가논은 드레이크와 치열하게 싸우고 있는 친구 프레이든이 걱정되어 바로 싸우려고 들었다.

"아아! 진정하시오. 저 반대편에 8서클의 리치가 있으니 말이오."

"네? 8서클의 리치요? 그, 그럴 수가……."

가논은 흑마탑의 탑주에게서만 명령을 받았었다. 그러나 그는 자신과 같은 7서클의 흑마법사로, 악마에게 영혼을 판 대가로써 강한 힘을 얻은 자였다. 그런데 8서클의 리치가 있다니 얼핏 이해할 수 없는 일이라는 생각이 들었다.

"자세한 이야기는 나중에 해줄 것이니 그렇게 알고 있으시구려. 지금은 저 리치를 먼저 때려잡아야 하니까 말이오."

"네, 나중에 꼭 말씀을 해주십시오. 전하!"

"염려 말고 내가 리치를 잡을 때 친우와 일파의 사람들에게 가도록 하시오."

"네, 그럼 부탁드립니다."

가논은 이안이 리치를 잡으러 간다는 말에 마음이 놓였다. 8서클의 리치라고 해도 궁극의 경지를 개척한 이안이라면 무리 없이 잡을 수 있을 거라 여기는 것이었다.

"그럼! 블링크!"

이안은 바로 리치인 카데인을 잡기 위해 공간 이동으로 날아갔다. 카데인이 있는 곳의 공중 높은 곳에서 튀어나온 이안은 그대로 지상으로 낙하하며 살소를 머금었다. 세상을 파괴하려고 하는 자에게 베풀 용서란 그에게 존재하지 않았다.

확실히 카데인의 전신에서 흘러나오는 기운은 데스리치라고 하기에는 조금 다른 기운이었다. 혼돈의 기운, 창세 이전의 나눠지지 않은 기운을 닮았다.

"이번에는 도망갈 수 없다. 받아라!"

무서운 속도로 낙하하며 이안은 혼돈의 기운을 기관총 쏘듯이 쏘아 보냈다. 그 어떤 마법보다 강력한 위력이 실린 그 공격은 지면으로 쏟아져 내리며 카데인을 위협했다.

"이런! 돌아가라!"

마력을 제어하여 되돌리는 수법을 펼친 카데인은 공중을 향해서 자신의 마력을 폭발시켰다. 수십 개의 작은 마력탄을 향해 커다란 하나의 마력 폭탄이 마주쳐 나갔다.

콰앙! 콰콰콰콰콰콰쾅!

강렬한 폭발음과 함께 중간에서 충돌한 두 기운이 무수한 소용돌이를 만들어내며 대기를 찢어발겼다.

"크웃… 브, 블링크!"

카데인은 갑작스러운 기습에 이은 공격을 받고 손해를 봤다는 생각에 일단 블링크로 위치부터 바꾸려 했다. 자신이 유리한 위치에서 역으로 기습을 가하는 것으로 반격을 가하려는 것이었다.

후웅! 파팟!

"이런… 나오라, 나의 종들이여!"

카데인은 블링크 마법이 먹히지 않자 이를 부드득 갈며 데스나이트들을 소환했다. 8서클의 데스리치답게 그가 부리는 데스나이트의 숫자가 20기에 달했다. 모두가 마스터급의 데스나이트로 하나같이 팬텀호스를 타고서 공중으로 날아올랐다.

"나의 적을 죽여라!"

─크아아아! 적에게 죽음을!

―크카카카카카카카!

데스나이트들은 진득한 살기를 흩뿌리며 떨어져 내리는 이안을 향해 검을 겨눴다. 암흑의 기운이 넘실거리며 검은 오러가 폭발하듯이 뿜어져 나왔다.

'제법이군. 데스나이트 20기라니.'

가논을 잡을 때 그가 다뤘던 데스나이트는 2기에 불과했었다. 거기에 같은 마스터급의 데스나이트라고 하지만 그 위력 자체가 달라도 너무 달랐다.

"가라!"

이안은 정신을 집중하며 자신의 기운으로 만들어낸 기검을 데스나이트들에게 쏘아 보냈다. 하나의 거대한 기검이 아래로 떨어져 내릴수록 분열하듯이 늘어났다.

―반격하라!

―굴하지 말고 뚫어라!

데스나이트들은 이안의 공격에 실린 거대한 힘을 느꼈지만 피하지 않고 그대로 돌파를 선택했다. 암흑의 기운으로 뭉쳐진 오러가 이안의 기검과 정면으로 충돌했다.

콰직! 콰지지지직!

허깨비가 꺼지듯이 흩어져 나간 데스나이트들은 순식간에 사라져 버렸다. 그러나 그동안 시간을 번 카데인은 반격에 나섰다.

"데스 라이트닝 필드!"

후웅! 파츄츄츄츄츄츄!

8서클의 마력을 응축하여 만들어낸 뇌전의 영역이 선포되었다. 이안을 향해서 미친 듯이 몰아치는 뇌전이 서로 부딪히며 더욱 강하게 뭉쳐졌다.

"돌아가라!"

이안은 언령을 사용하여 몰아치는 뇌전을 향해 명령했다. 그러자 쏟아져 들어오던 뇌전은 순식간에 방향을 틀어 시전한 카데인에게로 되돌아갔다.

콰앙! 콰콰콰콰콰콰쾅!

작렬하는 뇌전이 카데인을 그대로 관통했다. 주변을 모두 불태워 버릴 정도의 화끈한 공격에 당한 카데인은 이리저리 튕겨 나갔다.

"크으… 비, 빌어먹을……."

자신의 능력으로는 상대조차 할 수 없다는 것을 인정해야 했다. 지난 리만 왕국에서 보았던 그자가 확실했다. 그때는 기운을 갈무리하지 못해서 바로 알아챘지만 지금은 그 어떤 기운도 느낄 수 없었다. 그래서 그때 그자인지 뒤늦게 깨달은 것이었다.

"어쩔 수 없지. 으득!"

카데인은 궁극의 경지에 이른 이안에게 자신의 공격 마법은 아무런 소용이 없다는 것을 알았다. 지금 자신이 할 수 있는 최선의 선택은 이안과 함께 자폭을 하는 것뿐이었다. 자신은 데스리치이기에 자폭을 해도 다시 살아날 것이니 약간의 손해만 보면 그만이라 여겼다.

"이놈, 같이 죽자!"

쉬릿! 쎄에에에엑!

공간을 가르며 카데인의 신형이 이안을 향해서 폭사되었다. 혼돈의 힘을 모두 폭출시키며 날아드는 그의 전신은 그 기운의 파동으로 인해서 점점 거대해져 갔다.

'이런……'

이안은 공간 이동을 하지 못하도록 마력장을 둘러쳤다. 안에서 바깥으로 나가지 못하도록 한 것이었다. 그런데 이렇게 자폭 공격으로 나올 것이라고는 생각하지 못했다. 악독한 선택을 서슴없이 행할 수 있는 존재들이라는 것을 생각하지 못한 탓이었다.

"앱솔루트 실드!"

이안은 카데인의 몸체가 강렬한 마력의 소용돌이를 일으키며 폭발할 때 절대 방어 마법을 펼쳤다. 일반적인 마나의 폭발과는 차원이 다른 파괴력을 지닌 자폭 공격이었다. 절대 방어 마법으로 만들어진 방어벽이 금방이라도 깨져 나갈 듯이 출렁거릴 정도였다.

콰콰콰콰콰쾅! 콰아아아앙!

강력한 혼돈의 힘이 폭발하며 일어난 마력의 폭풍은 거대한 산맥을 뒤흔들었다. 높은 산의 중턱이 날아가 버릴 정도의 폭발은 산사태가 되어 주위를 초토화시켜 버렸다.

"크으… 장난 아니군. 이 혼돈의 기운이라는 것은……."

혼돈의 기운이 가진 파괴력이 얼마나 대단한 것인지 새삼스럽게 느껴지는 순간이었다. 거대한 산이 허물어지는 광경을 목격한 이안은 공중으로 피한 채 이를 앙다물었다. 8클래스의 공격 마법도 이 정도의 위력을 보이지 못했다. 적어도 9클래스의 메테오 스트라이크 정도는 펼쳐야 나올 수 있는 위력이었다.

'만약 적이 궁극의 경지에 든 데스리치라면… 나라 하나는 그대로 박살 난다고 봐야겠군. 후우…….'

아직 만나지 못한 자신의 대적자와의 싸움이 두려워졌다. 그와 싸우는 것이 두려운 것이 아니라 그 싸움으로 인해서 파괴될 세상에 대한 두려움이었다.

산사태가 일어날 정도로 엄청난 폭발은 드레이크와 흑마법사들의 싸움을 멈추게 만들었다. 놀란 드레이크는 공중으로 높게 도망가 버렸고 흑마법사들은 살아남기 위해서 미친 듯이 블링크 마법을 펼쳐야 했다.

"후아! 후아… 사, 살았다."

"어, 어떻게 된 겁니까? 이런 폭발이라니……."

프레이든은 일파의 하위 마법사들이 하는 질문에 답을 할 수 없었다. 저런 어마어마한 마력의 폭발이라는 것은 상상도 하지 못했으니 대답을 하려고 해도 할 방법이 없었던 것이다.

"프레이든! 날세, 가논!"

프레이든은 얼이 빠져 있던 상황에서 들려오는 잊을 수 없는 목소리에 허공으로 시선을 틀었다. 이상한 접시 같은 것에 타고 있는 사람은 분명 죽은 것으로 알려진 가논이 분명했다.

"가논! 이 친구야. 살아 있었구나!"

산맥의 지형을 바꿔 버린 폭발은 어느새 안전에도 없었다. 오직 죽은 줄로만 알았던 친구를 향해 날아가 뼈가 으스러지도록 안아주는 것만이 생각할 수 있는 전부였다.

"잘 지냈나?"

"으하하하! 살아 있었어. 살아 있었다고!"

프레이든은 가논을 얼싸안고 얼굴을 보고 또다시 확인해 봤다. 죽은 줄 알았던 친구의 얼굴을 재차 확인하는 프레이든의 눈에는 기쁨과 반가움이 동시에 드러났다.

"이게 어찌 된 일인지 말해보게. 살아 있었으면 연락이라도 해주지, 이 친구야."

"그러게 되었네. 마탑주의 임무를 수행하다 지금의 주군께

사로잡혀서 그렇게 된 거라서 말이야."

"아… 그런 일이 있었군. 한데 지금의 주군이라면 누구를 말하는 건가?"

"레이너 공국의 공왕 전하이실세."

"이안 레이너 공왕 말인가?"

"그렇다네. 그분은 마도의 극을 이루신 종주이시기도 하시네."

"들리는 소문에는 8서클이라고 하던데……."

"아니, 그건 그렇게 알려지기를 원해서 그런 것뿐이네. 저기 오시는군."

산사태를 피해 한쪽에 몰려 있는 프레이든과 그 일파의 흑마법사들을 향해 이안이 날아왔다. 그들은 조금은 경계심 어린 모습으로 이안의 행동거지를 살폈다.

"주군! 제 친우인 프레이든입니다."

"프레이든입니다, 공왕 전하."

프레이든은 아직은 어떤 입장도 취할 수 없어서 대외적인 신분으로 이안을 대했다.

"반갑소. 이안 레이너요."

자신의 이름만 밝히며 인사를 받는 이안을 본 프레이든은 그 어떤 기운도 느낄 수 없었다. 어마어마한 폭발이 있었던 것을 보면 그가 카데인을 그렇게 만든 것은 알았다. 그런데 이렇게 아무런 기운도 느끼지 못한다는 것은 의외였다. 강대한 기운이 느껴지거나 어마어마한 위압감으로 상대를 굴복시키지 않을까 하는 생각이 깨져 나가는 순간이었다.

"카데인은 어떻게 됐습니까?"

"자폭했소. 하지만 데스리치이니 다시 살아나겠지. 그자의 라이프베슬을 파괴한 것은 아니니 말이오."

"그렇군요."

카데인은 탑주가 다스리던 흑마탑에 최근 들어 등장한 자였다. 어둠의 맹약을 통해 힘을 얻은 자들은 데스리치인 그자의 수하가 되는 것에 개의치 않았다. 비주류인 자신들은 반대하고자 했으나 카데인과 함께 등장한 3명의 데스리치들의 힘에 굴복할 수밖에 없었다. 그렇게 그들의 명령에 따라 이런저런 임무를 수행하다가 여기에서 가논과 이안을 만나게 된 것이었다.

"가논 경이 처음 나에게 의탁하면서 한 조건이 있었소. 바로 자신과 같은 정통 흑마법사들을 거둬달라는 거였지. 그들이 세상의 배척에서 자유로워질 수 있도록 해달라는 부탁도 함께."

"그랬습니까? 허허허."

프레이든은 이안의 말에 친구인 가논을 다시 한 번 쳐다보았다. 8서클의 데스리치를 가볍게 처리할 수 있는 궁극의 대마법사라면 그런 것은 어려운 일이 아닐 것이었다. 그리고 그 것을 미리 알아보고 의탁한 친우의 선견지명에 감탄했다.

"어떻소. 그대들도 가논 경처럼 나에게 의탁하는 것이 말이오."

"저희들을 아무 조건 없이 받아주시겠다는 겁니까?"

"물론. 그대들은 마계와는 아무런 상관없는 정통 흑마법사들이니 떳떳하게 세상을 대해도 된다고 생각하고 있소."

프레이든은 떳떳하게 세상을 대해도 된다는 이안의 말에 가슴이 요동쳤다. 지금까지 그 어떤 나라도 흑마법사에게 떳떳하다는 말을 해주지 않았다. 때론 박해하고 늘 악이라 칭하며 사갈시했었다.

"그리고 지금까지 가논 경이 이룬 업적을 생각하면 그 누구도 흑마법사들에게 손가락질하지 못할 거라 믿소."

"으음……."

프레이든은 가논이 이룬 업적이 무엇인지 몰랐다. 하지만 이안의 눈에 담긴 신뢰의 빛을 보니 친우인 그가 이룬 업적이 세상을 놀라게 할 만한 것일 거라 확신할 수 있었다.

"나는 가논 경을 보면서 흑마법사들이 싸움보다는 마법적 연구로 세상을 더욱 이롭게 만들 수 있는 존재들이라 확신했소. 그대들도 가논 경과 같이 세상을 이롭게… 그래서 궁극적으로 모든 이들의 존경을 받는 삶을 살았으면 하오."

이안이 손을 내밀며 하는 말에 프레이든은 가슴 가득 희열로 요동치는 것을 느꼈다. 배척받는 삶을 살았던 흑마법사들에게 모든 이들의 존경을 받는 삶이라는 말이 너무도 뜨겁게 다가왔다.

"그렇게 될 수 있겠습니까?"

"물론이오. 내 이름을 걸고 약속할 수 있소."

이안은 흑마법사들을 어떻게 활용하느냐에 따라 달라질 수 있다고 믿었다. 그들의 특화된 연구 능력과 키메라에 관한 것들은 잘만 쓰면 인간에게 영원토록 축복이 되어줄 것이었다.

"저희를 받아주십시오. 그 약속을 믿고 주군을 영원토록 따르겠습니다."

"주군을 뵙니다!"

흑마법사들은 이안의 말에 모두가 감화되어 있었다. 자신들이 모든 인간들에게 이로운 자들이 될 거라는 그 약속을 믿고 따르기로 한 것이었다.

"우리 모두 잘해봅시다. 내 그대들에게 한 약속은 반드시 지켜질 것이오."

이안의 확약에 모두는 함박웃음을 터뜨리며 기꺼워했다. 이제 정통 흑마법사들은 모두의 존경을 받는 자들로 거듭나게 될 것이었다.

"이런! 드레이크가 돌아오는 거 같군."

"아! 저희들이 잡겠습니다. 그러니……."

"아니 내가 직접 하리다. 그런데 저 드레이크는 왜 공격한 건지 알 수 있겠소?"

이안은 카데인을 비롯한 흑마법사들이 드레이크를 공격한 이유가 궁금했다. 예전에 크리스토퍼 대공군과의 싸움에서 와이번이 등장한 적은 있었지만 드레이크는 체급이 달라도 너무 다른 존재이지 않던가.

"비주류인 저희들에게는 알려주지 않은 내용이 많습니다. 하지만 지나가며 들은 이야기들을 떠올려 보면 어림짐작되는 것은 있습니다."

"그 내용이 뭔지 알려줄 수 있겠소?"

"몬스터들로 군단을 만드는 거 같았습니다. 이상한 아티팩트를 만들어냈는데 그걸로 몬스터들을 통제할 수 있다는 거 정도입니다."

"몬스터를 통제할 수 있는 아티팩트라… 흐음……."

이안은 자신이 익힌 혼돈의 기운을 실어서 아티팩트를 만든다면 가능할 거라 생각했다. 혼돈의 기운에는 마기도 깃들어 있으니 몬스터도 제어하는 것이 가능할 것이었다.

'무서운 이야기다. 만약 오크 로드 같은 놈들을 아티팩트로 굴복시킨다면… 대륙 전체를 피로 물들일 수도 있음이니.'

이안은 저들이 어디서 어떤 계략을 꾸미는지 알 수 없어 답답했다. 그 답답함을 풀기 위해서라도 이계인 강한성이 남긴 기억에 등장하는 것들로 공국 전체를 무장시키는 것을 선택했다.

'어차피 막지 못한다면 끝장이야. 할 수 있는 한 모든 힘과 지식을 총동원한다.'

굳은 결심을 하며 이안은 무너진 산을 넘어 날아오고 있는 드레이크를 향해 신형을 날렸다. 저 드레이크를 시작으로 흑마법사들, 아니, 대적자들이 하려고 하는 모든 행사를 막아버릴 생각이었다.

11장

화끈하게, 질러보자

자신의 영역이 철저하게 파괴된 것에 두려움을 느껴 도주했던 드레이크는 복수를 위해 돌아왔다. 자신의 지배를 받는 작은 부하들까지 거느린 채 위풍당당하게 날아가던 드레이크는 작은 인간이 날아오는 것을 발견했다.

─크라라라라라라라라!

놈은 거친 포효를 터뜨리며 공격하라고 부하들에게 신호를 보냈다. 그러자 그 명령에 복종한 작은 와이번들이 날개를 펄럭이며 이안에게 육탄 돌격을 감행했다.

"이런… 와이번까지 데리고 왔을 줄이야."

하늘을 까맣게 메운 와이번은 헬카이드 산맥에 사는 성체들이 모두 동원된 듯했다. 300여 마리가 넘는 와이번들은 흉악한 이빨을 드러낸 채 저돌적으로 공격을 감행했다.

'모두 죽여야 하나? 아니지… 이놈들이라면… 최상의 병기가 되어줄 수 있는데 말이지.'

드레이크가 아닌 와이번만 해도 최상의 공중 병기였다. 인간을 태우고 날아다닐 수 있을 정도로 컸고 어지간한 마법 공격은 무시하는 마법 저항력도 상당했다. 그러니 이놈들을 모두 제압한다면 하늘을 제압할 수 있는 공중 병기가 되어줄 것이었다.

'어떻게든 사로잡아야겠어. 이렇게 좋은 병기들을 그냥 죽이기는 아깝지.'

횡재했다는 기분에 와이번들의 공격을 부드럽게 회피하며 가논에게 의념을 보냈다.

[의념을 보내는 것이니 놀라지 마시오. 그냥 말하면 내가 알아들을 수 있으니 대답을 해주시오.]

[아… 알겠습니다. 정말 대단하십니다. 허허허!]

[흑마법 중에 정신 지배 마법에 대해서 알려줬으면 하오.]

정신 지배 마법에 대한 것을 이안이 묻자 가논은 단번에 그가 원하는 바가 무엇인지 알아챘다. 드레이크와 와이번이 한꺼번에 몰려왔으니 그놈들을 정신 지배로 제압하려는 것임을 말이다.

[정신 지배보다는 피의 종속 마법을 사용하는 것이 더 낫습니다. 정신 지배는 언제 풀릴지 알 수 없어서 말입니다.]

[피의 종속이라… 슬레이브로 만드는 것을 말하는 것이오?]

[비슷합니다만 그보다는 상위 마법입니다. 피의 종속에 걸리면 피의 전승을 통해 계속해서 대를 이어 주인을 따르게 하는 마법입니다.]

[아! 피의 전승이라… 그게 낫겠군.]

이안이 생각하기에도 피의 전승을 통해서 대대로 인간을 따르게 하는 마법이 더 낫다고 여겼다. 와이번을 번식시켜서 숫자를 불릴 수 있다면 계속해서 국력이 강해지는 결과를 낳을 것이니 말이다.

[피의 종속 마법에 대해 말해주시오. 흑마법의 주문은 알지 못해서 말이지.]

[네, 지금부터 주문에 대해서 알려 드리겠습니다. 라게타. 파할라…….]

흑마법에 사용되는 룬어와 주문을 가논이 알려주었다. 그것들을 모두 기억한 이안은 그 마법의 개념과 뜻하는 바가 무엇인지 파악하고 이내 자신의 것으로 만들 수 있었다.

[고맙소. 그럼 바로 시작하겠소.]

이안은 의념으로 고마움을 전한 후 곧장 계속해서 날아드는 와이번 떼를 향해 언령을 발동시켰다.

"나의 의지에 굴복하여 나를 따르라. 피의 종속!"

후웅! 파팟! 휘류류류륫!

이안의 손끝이 터져 나가고 그곳으로부터 붉은 피 안개가 퍼져 나갔다. 마력과 함께 퍼져 나간 그 피 안개는 순식간에 범위를 넓히며 와이번 무리를 덮쳐갔다.

─크아아아아아!

─케룩! 케루룩!

갑작스러운 피 안개의 공습에 와이번들은 기겁을 하며 피하려 했다. 그러나 이내 피 안개가 몸으로 흡수되며 생경한 기운이 와이번들을 잠식해 들어갔다.

─싫어! 저리 가!

─나를 내버려 두라고!

피의 종속 마법이 걸려서인지 와이번들이 떠올리는 생각들이 이안에게로 전해져 왔다. 와이번들은 강력하게 저항하며 종속에 걸리지 않으려 발버둥 쳤다.

'버티겠다 이건가? 그렇게 둘 수는 없지.'

이안은 자신의 의지로 와이번들을 찍어 눌러야 한다는 것을 느꼈다. 하여 와이번들을 향해 강한 일갈을 터뜨리며 그들의 의지를 강압하기 시작했다.

"갈! 내 의지를 받아들여라! 나는 너희들의 주인이다! 저항하면 죽음뿐이다!"

이안의 강력한 의념이 와이번들의 정신을 지배하고 그가 뿌린 피와 마력이 와이번들의 육체를 잠식해 들어갔다.

─키이… 키이이익!

제일 약한 와이번이 피의 종속 마법에 굴복하고 이안의 머리 위를 선회하며 울었다. 그것을 시작으로 점점 숫자를 늘려가는 와이번들의 종속은 급속도로 이루어졌다.

"좋았어. 모두 내려가서 나의 명을 기다려라!"

─키아아아아아!

와이번들은 주인의 명령에 반응하여 날갯짓을 하며 지상으로 내려갔다. 300여 마리의 와이번을 모두 굴복시키는 것에 걸린 시간은 10여 분 남짓 걸렸을 뿐이었다.

─크라라라라라라!

이제 남은 것은 드레이크 한 마리뿐이었다. 놈은 부하들이 모두 떠나 버리자 광분하여 날뛰기 시작했다.

'이놈을 죽여야 하나? 흐음…….'

드레이크는 사실상 인간이 종속시키는 것이 무척 어려웠다. 종속 마법을 걸려면 그 개체의 의지를 뛰어넘어야 하는데 수백 년을 넘게 살아온 드레이크의 의지를 무시할 수도 없었다.

'아쉽지만 이놈은 죽이는 것이 좋겠어.'

이안은 괜한 모험으로 이미 잡아놓은 와이번들까지 놓치

는 우를 범하고 싶지 않았다. 하여 자신을 향해 브레스를 뿜어내며 날아오는 드레이크를 향해 손을 뻗었다.

"가라! 너의 최후를 내 손으로 장식해 주마. 타핫!"

혼돈의 기운이 만들어낸 기검이 허공에서 점점 거대한 형상을 이뤘다. 그리고 이안의 의지가 실리자 그대로 허공을 격하고 날아가 드레이크를 쪼개갔다.

―크아! 크라라라라!

위험을 느낀 드레이크는 자신이 낼 수 있는 가장 강한 브레스를 뿜어냈다. 10여 미터에 달하는 크기로 커진 거검이 날아갔고 그것을 요격하기 위해 뿜어진 브레스가 허공에서 충돌을 일으켰다.

콰르르르르르릇!

거검은 그대로 브레스를 뚫고 거대한 화염을 소멸시켜 버렸다. 이 정도면 없어졌을 거라 확신했던 드레이크는 자신의 브레스가 모두 사라졌음에도 그대로 날아오는 거검에 기겁했다. 열심히 날개를 펄럭이며 도주했지만 거검은 자신의 속도를 능가하는 스피드로 날아들었다.

[사, 살려줘! 나는 이 산맥의 지배자란 말이다!]

"헐… 영성을 깨친 놈이었던 거냐?"

이안은 드레이크가 보내는 의념에 황당함을 느꼈다. 산맥의 지배자라고 외치는 드레이크가 겁을 잔뜩 먹은 채 살려달라고 하는 것도 솔직히 웃음을 자아냈다.

[살려줘. 강한 인간. 다시는 인간들 공격하지 않는다. 살려
줘! 살려달라고!]

드레이크가 꽁지가 빠져라 도망가며 살려달라고 애원하는
것에 이안은 빙그레 미소를 지었다.

"살려주면 내 말을 따르겠느냐? 그러니까 내 부하가 되라
는 뜻이다."

[부하가 되겠다. 그러니 살려줘. 제발!]

드레이크의 비굴한 의념에 이안은 꼬리를 거의 찌를 듯이 날
아가던 기검을 해소시켰다. 의지의 끈을 해제하자 그대로 소멸
되는 기검이 드레이크의 꼬리 바로 앞에서 사라져 버렸다.

[사, 살았다. 고맙다. 인간 대장. 나 인간 대장 말 따른다.]

"후후! 이리로 오너라."

이안은 공중에 멈춰 선 채 드레이크를 불렀다. 그러자 공중
에서 선회한 드레이크는 말 잘 듣는 강아지처럼 이안의 앞으
로 날아왔다.

"헉! 위, 위험합니다!"

"주군을 구해야 한다. 데스사이드!"

가논과 그 일행들은 이안이 멈춰 서고 드레이크가 날아드
는 것을 보고 기겁했다. 뭔가 잘못된 거라 생각하고 그들은 분
분히 블링크 마법을 펼쳐 이안이 있는 곳으로 공간 이동했다.

"아아! 걱정하지 마시오. 이 드레이크는 이제 내 부하가 되었으니 말이오."

이안은 가논들이 자신을 걱정해서 공간 이동 마법으로 속속 날아오는 것에 얼른 제지하고 나섰다. 공간 이동으로 넘어와서 지상으로 추락하는 위험을 감수하는 것을 막으려는 것이었다.

"아… 블링크!"

재차 블링크 마법을 펼쳐 원래 있던 곳으로 돌아가는 그들의 마법 실력에 이안은 묘한 미소를 지으며 드레이크의 등에 올라탔다.

"지상으로 내려가자."

─알았다. 주인.

드레이크는 자신에게 죽음의 공포를 안겨준 이안에게 확실하게 굴복했다. 영성을 어느 정도 깨우친 드레이크는 이안이 가진 강대한 힘을 확실하게 인지한 것이었다.

드레이크와 와이번들을 도로 산맥에 풀어놓고 이안은 돌아왔다. 충분한 영역을 확보했고 다른 몬스터들의 침범도 산맥의 지배자인 드레이크가 통제할 수 있기에 편안하게 개발만 하면 되었다. 광산 개발에 박차를 가할 수 있게 됐으니 서둘러 드워프들과 광부로 일한 사람들을 파견할 계획이었다.

"경하드립니다, 전하!"

"정말 대단한 위업을 이루셨사옵니다. 감축드리옵니다."

대회의실에 모인 성장들을 위시한 주요 관리들은 이안에게 축하의 인사를 올렸다. 헬카이드 산맥의 절반에 해당하는 영역을 차지했으니 그 어떤 축하의 말을 해도 모자랄 판이었다.

"인사는 그만하고 국정에 관한 이야기를 하지."

"네, 전하!"

이안이 귀찮다는 듯이 말을 끊고 국정에 관한 이야기나 하자는 말에 대신들은 서둘러 자신들의 부서에 필요한 사안들을 떠들어댔다.

"왕궁이 마무리 단계에 접어들었사옵니다. 사흘이면 왕궁으로 옮겨가도 될 것이라 사료되옵니다. 추후 조치는 어떻게 하는 것이 좋겠사옵니까?"

"왕궁으로 이전이라… 흐음……."

왕궁으로 이전한다고 해도 아레나의 던전까지 오가는 것은 아무런 제약이 없었다. 공간 이동으로 바로 날아갈 수 있으니 말이다.

"차례차례 이전하도록 하지. 먼저 근위기사단과 근위병들을 보내는 걸로 하고."

이안은 왕궁으로 옮겨가는 것에 대해서 생각나는 대로 지시했다. 그렇게 이전에 관한 문제가 마무리되자 기다렸다는 듯이 내무성장의 손이 올라갔다.

"내무성장이 할 말이 있소?"

"네, 전하!"

"말해보시오."

"재무성으로 들어오는 자금이 이제 충분하다는 생각에 드리는 말씀이옵니다만. 도로를 건설했으면 하옵니다."

"도로라… 도로가 필요하기는 하지. 힘이 닿는 한도 내에서 도로를 건설하도록 하시오."

이안도 도로의 필요성을 익히 아는 바였다. 나라가 발전하려면 제일 먼저 해야 할 일이 도로를 전국 곳곳에 건설하는 일이었다. 물자의 이동이 자유로워야 상업이 발달하고 그것이 곧 국가가 부강해지는 길이기 때문이었다.

"하옵고 그 도로가 깔리는 곳에 5곳의 도시를 건설하고자 하옵니다."

"도시 5곳이라… 어디, 어디요?"

이안의 물음에 마이어 자작은 지도를 펼쳐 버넨시로 시작하여 왕궁이 건설 완료된 왕성을 이어 계속해서 선을 그었다.

"서남부의 윈터폴 요새 바로 동북쪽에 이르는 총 다섯 곳에 도시를 건설하고자 하옵니다."

대규모 농장이 들어선 곳들에 인접한 거점을 도시로 발전시키겠다는 구상이었다. 주로 왕성에 많은 인구가 밀집하겠지만 저렇게 대단위 도시를 미리 건설한다면 균형적인 발전이 이루어질 수 있을 것이었다.

"재무성장!"

"예, 전하!"

"도로를 건설하고 저렇게 도시를 세울 여력이 되겠소?"

"샤르딘 백작의 말에 따르면 매직 웨건의 양산이 가능해졌다고 하니 충분한 재원을 마련할 수 있을 것이옵니다."

이안은 아이언핸드와 함께 매직 웨건의 기본이 되는 마나 코어와 마법진의 양산에 성공했다. 그것을 찍어내듯이 만들어내게 되면 엄청난 부가가치를 창출해 낼 수 있게 되는 것이었다.

"그렇다면 허락해도 되겠군. 그렇게 하시오."

"성심을 다해 도로와 도시를 건설하도록 하겠나이다, 전하!"

내무성장은 자신의 뜻이 받아들여지자 기뻐하며 고개를 숙였다.

"그건 그렇고 마나에 대한 친화력이 떨어지는 청년들을 대상으로 1만 명을 모아야겠소."

"1만 명이나 말씀이십니까? 어떤 이유로 그러시는지 말씀을 해주시옵소서."

이안이 갑자기 1만 명을 모아야겠다고 하자 모두는 의아한 눈빛으로 그 이유를 물었다.

"오크들의 타투에 대해 아시오?"

"신이 알고 있사옵니다."

"말해보시오. 모두가 알 수 있도록 말이오."

손을 들고 알고 있다고 한 사람은 교육성장인 훈트 백작이었다. 그는 6서클의 마법사로 해박한 지식을 갖춘 사람답게 오크들의 타투에 대해서 설명해 나갔다.

"오크 주술사들이 새기는 타투에는 주술의 힘이 담겨 있어서 오크 전사들을 더욱 강하게 만들어줍니다."

"아하! 그런 것도 가능한 것이구려. 놀랐소이다."

여러 대신들은 타투로 그런 일을 할 수 있다는 것에 놀라워했다. 모두가 이해할 듯싶자 이안은 자신이 계획하고 있는 것을 이야기했다.

"내가 이번에 그 타투를 이용해서 사람에게도 1서클 정도의 마나를 강제로 모을 수 있도록 할 생각이오."

"타투로 말씀이십니까? 허어⋯⋯."

타투로 마력 집적진과 유지 마법진을 새기고 심장에 강제로 서클을 만들어주는 것이었다. 그렇게 되면 마나 친화력이 떨어져 마법을 익히지 못하는 사람도 마법사가 될 수 있었다. 비록 고서클로 올라가는 것은 불가능할지라도 노력 여하에 따라서 2, 3서클까지는 올라갈 수 있을 것으로 예상했다.

"인구는 적고 외부의 적은 강대하니 그렇게라도 우리가 살길을 마련하고자 하오. 그러니 모두가 합심해서 이 일을 추진하기 바라겠소. 그리고 이 일은 극비리에 진행하도록 하시오. 알겠소?"

이안의 말에 모두는 고개를 숙였다. 그리고 자신들이 모시는 왕이 얼마나 대단한 사람인지 다시 한 번 깨달았다.

웅! 웅! 웅! 웅!

마력이 급격히 모여들며 어둠의 공간이 무섭게 진동을 일으켰다. 서서히 그 마력들이 하나의 형체를 만들어가고 이내 잿빛의 인골이 모습을 드러냈다.

─흐어어어… 크르르륵!

인골이 모여들고 형체를 갖추자 쇠를 긁는 듯한 소음이 흘러나왔다. 그리고 눈두덩이가 있어야 할 부위에서 피어오르는 붉은 기운은 이내 이글거리며 타올랐다.

─으득! 내 어떻게든 심장을 씹어 먹고 말리라. 크아아아!

카데인은 다시 살아나자마자 이안에 대한 원한을 폭발시켰다. 끓어오르는 분노와 복수에 대한 열망이 그를 광기로 몰아갔다. 그렇게 한참을 발악하고 난 후에야 마음이 가라앉았는지 차분해져 갔다.

─크으… 이럴 때가 아니지. 보고를 먼저 해야겠어.

카데인은 자신의 실패가 연속으로 이어진 것이 모두 이안

때문이라는 것에 다시금 분노가 치밀어 오르려 했다. 하지만 분노보다 더 중요한 보고를 위해서 이를 빠드득 갈며 마력을 휘돌렸다.

후웅! 휘류류류룽!

—내가 당분간 연락을 취하지 말라고 하지 않았던가?

사이한 음성이 어둠의 기류가 만들어낸 막에서 흘러나왔다. 그리고 그 막에 한 사내의 모습이 맺혔는데 카데인과 같은 리치의 형상이었다.

—송구합니다, 마스터!

—쯧쯧! 또 실패한 게냐? 네놈의 비루먹은 모습을 보니 꽤나 호되게 당한 듯싶구나.

—아르칸 님, 레이너 공국의 공왕이 9서클의 대마법사였습니다.

—뭐라? 그자가 대마법사라고? 크크! 이게 재미있게 되었구나. 대마법사가 다시 등장하다니 말이야.

아르칸이라고 불린 리치는 리치들의 왕으로 모든 일을 주재하는 자였다. 아직은 흑막 속에 숨어서 부하들을 부려 일을 진행시키는 중이었다. 조만간 완전히 무르익으면 자신이 이 땅에 온 목적을 달성하기 위해 칼을 뽑아 들 것이었다.

—제 능력으로는 그자를 이길 방법이 없습니다. 어떻게 해야겠습니까?

카데인은 자신의 능력이 역부족임을 사실대로 털어놓았다. 마스터인 아르칸만이 이안을 상대로 이길 수 있는 힘을 가지고 있었으니 그의 도움을 바라는 심정이었다.

-그놈은 나중에라도 처리할 수 있으니 놔두거라. 우선 해야 할 일들을 하는 것이 중요하지.

-하오나…….

-됐다는 내 말이 들리지 않는가!

-소, 송구합니다.

-네놈은 그자에 대한 신경을 끄고 로크 제국의 일을 마무리 짓도록 하거라.

로크 제국의 일을 마무리 지으라는 말에 카데인은 고개를 숙이며 외치듯이 답했다.

-명대로 따르겠습니다.

-그래. 조만간 혹한의 대지와 열사의 대지에서 일어난 어둠의 군세가 세상을 파멸로 몰아갈 것이다. 그를 위해서 인간들의 힘을 파국으로 몰아가야 한다. 알겠느냐?

-네, 마스터!

어둠의 막이 사라지고 아르칸의 모습이 사라지자 카데인은 흉폭한 눈빛을 뿜어내며 독백했다.

-크리스토퍼 그놈을 황제의 자리로 올려야겠군. 그래야 공멸을 위해서 미친 듯이 싸울 테니 말이야. 크카카카카!

카데인은 자신의 손아귀 안에서 뛰어놀아 줄 장난감으로 크리스토퍼 대공을 선택했다. 그리고 그를 황제로 만들기 위해 자신이 만들어놓은 모든 힘을 동원할 것이었다.

카데인이 다시 살아나 흉계를 꾸미는 그때, 이안은 아이언핸드와 만나고 있었다. 며칠 밤을 새워가며 만들어낸 것은 부국강병 중에서 강병을 위해 반드시 만들어야 할 무기의 설계도였다.

"이게 뭔가? 생긴 것은 꼭 마동포같이 생겼는데… 어랏! 수치가 왜 이런가?"

마동포의 형태를 띤 무기의 설계도에 나온 수치는 아이언핸드의 어이를 상실하게 만들었다. 이렇게 작고 얇게 만들어서 어디에다 쓸 것인지 상상이 가질 않았던 것이다.

"병사들 개개인이 사용할 병기입니다. 마총이라는 무기죠."

"마총이라. 흠! 어디 보자."

마총이라는 병기의 설계도를 자세하게 살피는 아이언핸드는 금방 마총의 개념을 이해했다. 그리고 그것을 만들기 위해서 해야 할 일들을 차근차근 정리해 나갔다.

"우선 해야 할 것이 총신을 만드는 거로구먼."

"총신이 가장 중요합니다. 마법진의 폭발로 총알을 쏘아낼 때 그것을 견뎌낼 수 있어야 하니까요."

작은 탄환을 쏘아낼 때 사용될 마법은 마동포와 같은 에어 블래스터 마법이었다. 작게 축소된 마법진이라고 해도 그 위력은 어지간한 강철판은 우습게 날려 버릴 수 있었다.

"이 정도면 그냥 강철로는 어림도 없네. 적어도 미스릴이나 아다만티움 정도는 되어야 버틸 수 있어."

마동포의 포신은 두께가 최소 10㎝ 정도는 되었기에 폭발에서 버틸 수 있었다. 그나마도 합금으로 만들어 가능했는데 마총의 총신은 1㎝도 안 되는 두께인지라 합금으로도 버텨내기 어려웠다.

"미스릴은 수지 타산이 맞지 않습니다. 어떻게 방법이 없겠습니까?"

미스릴로 총신을 만든다면 제국이 아니라 그 할아버지라고 할지라도 마총을 생산하지 못할 것이었다. 황제나 귀족들만 사용한다면 모르겠지만 말이다.

"다른 방법은 없네. 아무리 강화 마법을 걸어도 몇 번 사용하지 않아서 폭발할 것일세."

"으음……."

이안은 생각지도 못한 곳에서 난관에 부딪히자 머리가 아파왔다. 며칠간 잠도 못 자면서 만든 마총의 설계도가 무용지물이 되어버리는 순간이었다.

"아다만티움이라면 가능할지도 모르겠지만……."

"아다만티움이라면 마계에 있다는 광물이 아닙니까?"

"그렇지. 우리 일족이 머물던 곳에는 지천에 널려 있는 것이 그 아다만티움이라네."

"정말입니까? 지천에 널려 있다는 말씀이?"

"허허! 내가 거짓말을 안 한다는 것을 잊었는가?"

"그거야 알고 있습니다. 마계… 마계라는 말씀이시죠?"

마계에 지천에 널린 것이 아다만티움이라는 말에 이안은 머릿속으로 어떻게 해야 할지 궁리에 궁리를 더했다.

'마계로 가는 것은 엄청난 도박인데 말이야.'

마족들에게 들키기라도 하는 날에는 아레나의 던전과 연결된 통로를 통해, 마족들이 중간계라 불리는 이 땅에 침범하게 될 것이었다. 마지막 드래곤의 농간으로 잠시 열렸던 통로 정도는 아무 것도 아닌 일이 되어버릴 수 있는 중차대한 사안이었다.

'어떻게 한다? 방법은 그것뿐인데 말이야.'

이안의 고민을 아는지 아이언핸드가 넌지시 이야기했다.

"우리 일족이 그 땅에서 천 년 넘게 있었던 것은 알고 있지?"

"그건… 아!"

"마수만 있었지 마족들은 본 적이 없었네. 왜 그런지는 알 수 없지만 말일세."

마수만 존재한다면 충분히 해볼 만한 도박이었다. 그곳에서 아다만티움을 캐오면서 마수만 잡으면 되는 일이니 말이었다.

'원정대를 만들어야겠다. 샤베른과 마동포… 그리고 내가 함께 간다면 마수라고 해도 얼마든지 제압할 수 있을 것이다.'

이안은 마계로 원정을 가기로 결심했다. 마총을 만들어내지 못한다면 인구가 부족한 레이너 공국은 앞으로 벌어질 최후의 결전에서 결코 살아남지 못할 것이기에 선택의 여지가 없었다.

"마계로 가야겠습니다."

"정말 그리 결심한 건가?"

"방법이 없거든요. 아다만티움이 아니면 멸망이니까요."

"후움… 알겠네. 자네가 그리 결심했다면 우리 강철의 모루 일족은 모든 것을 걸고 자네를 돕겠네."

아이언핸드의 호탕한 말에 이안은 가슴이 따뜻해졌다. 이렇게 자신을 믿어주는 존재들을 위해서라면 더욱 힘을 내리라 스스로에게 다짐했다.

웅! 웅! 웅! 웅!

─마계의 통로를 엽니다. 마스터의 무운을 빕니다.

"고마워, 열흘 뒤에 다시 통로를 열고 확인을 해주기를 바란다."

─걱정하지 마시고 조심하도록 하세요.

"그래, 그렇게 하지."

─셋! 둘! 하나! 게이트 오픈!

후웅! 휘류류류류류류릉!

마계의 통로를 막고 있던 거대한 마법진이 열렸다. 그동안 쌓여 있던 막대한 마력이 요동치며 게이트가 열리자 제일 선두에 서 있던 이안이 외치듯이 말했다.

"내가 먼저 들어가고 그 뒤를 칼라 등이 따르라. 가자!"

"마스터를 모셔야 한다. 가잣!"

칼라와 다크엘프들 중에서 최고의 전사들로 구성된 300여 명의 인원이 속속 마계의 통로로 몸을 날렸다. 그 뒤를 따르는 것은 강철의 모루 일족의 드워프 전사들이었다. 모두 1천여 명으로 구성된 마계 원정대가 순식간에 게이트를 통과해 나갔다.

후웅! 스팟!

게이트를 통과하여 마계로 들어온 이안은 오랜만에 느껴보는 음습하고 흉흉한 마기를 느꼈다. 그리고 어둠으로 가득한 공간과 두 배는 족히 넘는 중력에 반가움을 느꼈다.

'정말 그때와는 너무도 다른 느낌이구나.'

처음에는 제대로 몸을 가누기도 어려웠다. 그러나 이제는 약간의 무게감을 느낄 뿐 아무런 제약도 없이 몸을 움직일 수 있게 되었다.

"각 조는 사방으로 흩어져 경계망을 구축하도록!"

"예, 로드!"

칼라는 이안의 뒤를 이어 마계에 진입했다. 속속 들어오는 일족들에게 경계망을 구축하라 명하고는 이안의 뒤에 공손히 시립했다.

"이곳이 마계입니까?"

"그렇게 알고 있다. 하지만 마족을 보지는 못했으니 정확하다고 할 수는 없지. 전혀 다른 세상일 수도 있고."

"그렇군요. 그런데 제가 느끼기에는 너무도 익숙한… 어머니의 품 같은 느낌입니다, 마스터."

"그래? 그럼 마계가 맞는 모양이지. 후후후!"

어둠의 일족인 다크엘프의 하이 로드가 어머니의 품 같다고 하는 것을 보면 마계가 맞는 듯싶었다. 그런 생각을 하며 주위를 둘러보던 이안은 뭔가 이상한 느낌을 받았다.

'라피드? 무슨 일이 있는 거지?'

팔찌에 잠들어 있는 라피드가 무언가를 느끼는지 작은 진동을 일으키며 자신을 불러 달라고 아우성치는 느낌이었다.

"역시……."

"네? 무슨 일이 있으십니까?"

"무언가 이곳으로 접근하고 있다. 일족의 전사들을 불러

모으도록!'

"네? 아, 알겠습니다."

칼라는 이안의 명령에 서둘러 일족의 전사들을 불러 모았다. 그러는 동안 수인족 전사들과 강철의 모루 일족의 드워프들도 전투 태세를 갖추며 언제라도 싸움에 나설 준비를 갖췄다.

쿠콰콰콰콰콰쾅!

지축을 뒤흔드는 강력한 진동과 귀를 먹먹하게 만드는 포효 소리가 어둠 저편에서 들려왔다. 점점 가까워져 오는 그 소리에 이안은 투기를 발산하며 그 진원지를 향해 신형을 날렸다.

'오자마자 싸움인가? 정말 쉴 틈을 주지 않는구먼.'

싸워야 하는 운명은 어쩔 수 없는가 하는 생각을 하며 이안은 피식 웃고 말았다. 저 멀리서 달려오는 거대한 마수의 모습을 보며 마계에서의 생존을 위한 전투에 나섰다.

『이안 레이너』 12권에 계속…

초대형 24시 만화방

신간 100%, 샤워실, 흡연실, 수면실(침대석), 커플석, 세탁기 완비

■ 시흥 정왕25시점 ■

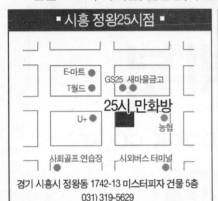

경기 시흥시 정왕동 1742-13 미스터피자 건물 5층
031) 319-5629

■ 강북 노원역점 ■

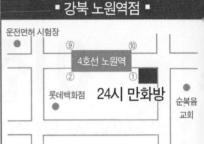

서울 노원구 상계동 340-6 노원역 1번 출구 앞 3층
02) 951-8324 (화용빌딩 3층)

■ 일산 정발산역점 ■

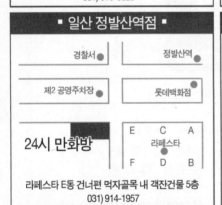

라페스타 E동 건너편 먹자골목 내 객잔건물 5층
031) 914-1957

■ 일산 화정역점 ■

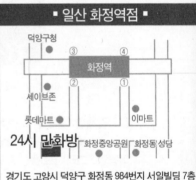

경기도 고양시 덕양구 화정동 984번지 서일빌딩 7층
031) 979-4874 (서일사우나 건물 7층)

■ 부천 역곡역점 ■

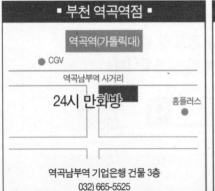

역곡남부역 기업은행 건물 3층
032) 665-5525

■ 부평역점 ■

(구)진선미 예식장 뒤 한신포차 건물 10층
032) 522-2871